本书根据柏林沃斯出版社1759年版《寓言三书》，1772年版《寓言和故事》及作者发表于1753年未收入《寓言三书》的散文寓言与其他遗作译出

目录

序 言   01

散文寓言

显 形   001
狮子和兔子   003
仓鼠和蚂蚁   004
宙斯和马儿   006
驴子和猎马   009
猴子和狐狸   010
夜莺和孔雀   012
狼和牧羊人   014
骏马和公牛   017
夜莺和苍鹰   018
蟋蟀和夜莺   019

好战的狼	022
凤　凰	024
鹅	026
橡树和猪	028
麻　雀	031
鸵　鸟	032
麻雀和鸵鸟	034
米若普斯	035
狗儿们	036
狐狸和鹳	038
猫头鹰和挖宝人	039
小燕子	040
鹈　鹕	042
狮子和老虎	045
公牛和雄鹿	046
驴子和狼	048
朱庇特和阿波罗	049
棋盘上的马	050
伊索和驴子	052
铜　像	053

赫拉克勒斯	**054**
男孩和蛇	**056**
狼之将死	**058**
公牛和小牛	**062**
孔雀和乌鸦	**063**
狮子跟驴同行	**064**
驴跟狮子同行	**065**
盲母鸡	**066**
驴　子	**068**
受保护的羔羊	**070**
水　蛇	**072**
狐狸和面具	**074**
乌　鸦	**075**
乌鸦和狐狸	**076**
守财奴	**078**
宙斯和绵羊	**080**
狐狸和老虎	**082**

男人和狗	084
葡 萄	085
绵 羊	086
山 羊	088
野苹果树	090
雄鹿和狐狸	091
忒瑞西阿斯	092
密涅瓦	095
弓的主人	096
夜莺和云雀	097
所罗门的幽灵	099
狐 狸	101
仙女们的礼物	105

绵羊和燕子	107
乌 鸦	108
动物们的地位高低之争	110
熊和大象	116
鸵 鸟	118
奉 献	119
橡 树	122
老狼的故事	123
老 鼠	133
燕 子	134
老 鹰	136
幼鹿和老鹿	137

孔雀和公鸡	138
鹿	140
老鹰和狐狸	142
牧羊人和夜莺	143
巨　人	147
猎　鹰	148
饥饿的狐狸	149
博物学家	150
达蒙和西奥多	152
狼和羊	154

诗体寓言

麻雀和田鼠	156
老鹰和猫头鹰	159
跳舞的熊	160
雄鹿和狐狸	163
太 阳	165
秘 密	168
熊	173
狮子和蚊子	177
核桃与猫	182
莫里丹	188
译后记：残酷的预感	191
莱辛年表	202

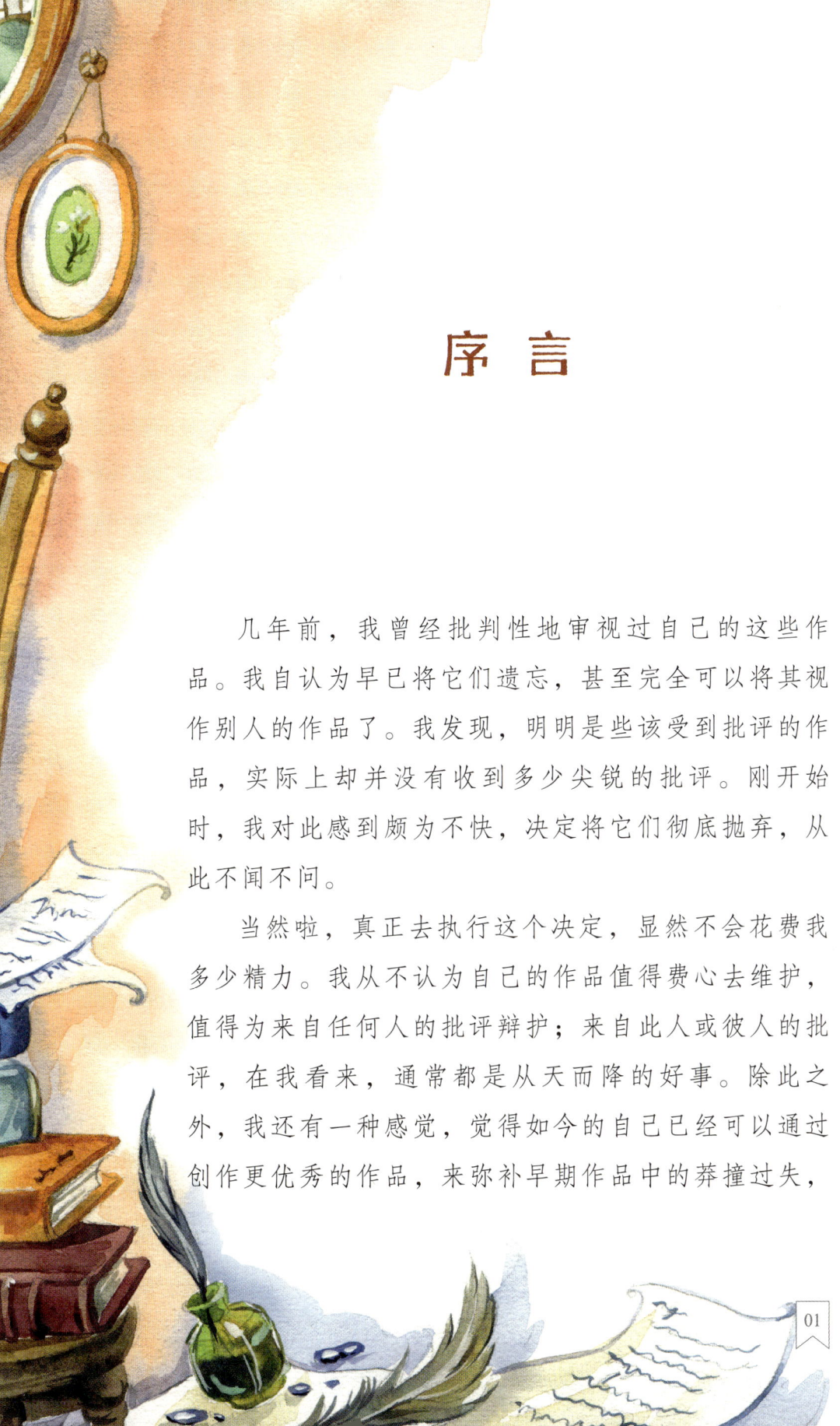

序 言

  几年前,我曾经批判性地审视过自己的这些作品。我自认为早已将它们遗忘,甚至完全可以将其视作别人的作品了。我发现,明明是些该受到批评的作品,实际上却并没有收到多少尖锐的批评。刚开始时,我对此感到颇为不快,决定将它们彻底抛弃,从此不闻不问。

  当然啦,真正去执行这个决定,显然不会花费我多少精力。我从不认为自己的作品值得费心去维护,值得为来自任何人的批评辩护;来自此人或彼人的批评,在我看来,通常都是从天而降的好事。除此之外,我还有一种感觉,觉得如今的自己已经可以通过创作更优秀的作品,来弥补早期作品中的莽撞过失,甚至最终释怀，忘掉这些过失。

可是与此同时，我又想起了自己众多友好的读者们：一旦跟他们普遍赞誉的旧作分道扬镳，岂不意味着我主动将谴责自己的机会交给了他们？我这样做，等于是将他们的掌声浪费在了不值得的事情上。他们经过深思熟虑之后才为这些作品献上了赞誉，显然不会期盼我彻底抛弃它们。他们期盼我给出正确的反应，这份期盼本身也是理直气壮的。因此，我理应努力给出正确的反应，就算心里不太乐意，但至少在创作态度上必须端正些；换句话说，我现在应该将尽可能多的好东西塞进我的旧文里，让这些旧文读起来尽可能跟我如今的创作水准保持一致。于是，我改变了决定，打算尽己所能地改进自己刚开始时想要抛弃的东西。工作量可真不小！

我在寓言诗这一体裁上所花费的时间，比其他任何诗体都长。诗歌与说理的共鸣令我着迷。我读过几乎所有新老寓言家的作品，其中最好的作品读过不止一遍。我思考过与寓言相关的文学理论，心中常想：伊索选择的创作道路明明直指真理，现代人却放弃了这条道路，热衷于花言巧语，偏离了讲故事的本分。我曾经模仿这位老弗里吉亚人[1]质朴的文风,进行过许多创作尝试。总之,我认为自己在寓言领域的积累非常丰富,只要稍加努力,就能将以前创作的说理故事改头换面。

我开始着手去做了。整个过程中也只有我本人最清楚,因为对目标的轻忽,不知犯下了多少错误。这些文字就好比大学生上课时所做的笔记,仅仅出于对记忆的不信任才会被写在纸上;我也一样,往往只满足于想法的倾诉,没有反复推敲,没有通过合适的表达来为文字赋予必要的精确性。简而言之,只是因为这是随堂作业而非大考,我才敢于去尝试——作为正式出版物,仍有许多不足之处。不管怎么说,这本书总算完成了——就在大家眼前!

在这本书中,我以前写的寓言旧作只完整保留了六篇;六个平平无奇的故事,尽管保留了下来,在我看来也是整本书中最不值得留存的部分。其他一些虽未收录却颇有韵味的旧作,可以留待以后再来处理,收录到其他的书里。假如不是因为文体本身的独特性,我本想将它们全部改写为散文。

我并不打算对读者们的看法加以限制,我只请求大家不

---

[1] 老弗里吉亚人:指伊索,当时普遍认为伊索出生在小亚细亚的弗里吉亚。

要在没有读过我所撰写的相关论文[1]的情况下就来评判这些寓言。诚然,我所写的寓言和论文不能说是尽善尽美,但这两者毕竟是在同一时期、涌现自同一个大脑的产物,相互参照的部分太多,无法脱离对方的存在而独立成书。不过话说回来,假如读者们在阅读过程中,发现我在论文中列明的寓言创作理论跟我在本书中的创作实践并不总是一致,又何足挂齿?读者们本来就很明白这个道理:哪怕是天纵之才,也有固执的时候;天才往往不会严格按照理论来行事,理论应该拿来限制,而不是约束天才的率性而为。因此,大家不妨用寓言来审视自己的文学品位,用论文来审视我的创作理由吧。

我打算以同样的方式,逐步改进既有创作中其他所有需要改进的内容,替换旧作中部分无用的素材。我手头上的素材要多少有多少,缺的只是时间和心境——仅此而已!但这些已经不是本书序言里该讨论的范畴了;假如某位作家试图在上述问题上要求公众感同身受,公众恐怕不会对他心存感激。事实上,虚构内容的创作者只需要构思提纲、搜集素材、选择方向、组织语言,按计划推进即

---

[1] 指莱辛对寓言的研究论文。

可。如此一来，他就能充分享受到创作带来的乐趣，将其作为一份自我奖励。可是，一旦他打算更进一步，将手伸向鞭长莫及之处，创作的痛苦就开始了。在没有任何外界鼓励的情况下，他几乎不会主动去承受这份痛苦。

所谓序言，本来就只允许写些跟对应书籍相关的故事。关于这本书的故事很快就要讲完了，序言恐怕也不得不就此收笔。不过话说回来，毕竟跟各位读者交流的机会很少，所以，还请大家允许我任性一次。也是迫于无奈，我需要借此宝地讲一位知名作家。很长一段时间以来，杜什先生[1]授意他的各路朋友，以一种非常不体面的方式抨击我。我的意思是，人身攻击，与作品无关；他很清楚，即使攻击得逞，将我这个作家推上了舆论的风口浪尖，我也不会因此而责怪他哪怕一个字。杜什先生之所以感到积怨难平，是因为《纯文学图书馆》[2]和《前沿文学通讯》[3]这两份杂志对他的作品提出了各种批评，他坚持认为那些批评文章都是我写的。对此，我已公开向他保证过，事实绝

---

[1] 杜什先生：全名约翰·雅各布·杜什（1725—1787），德国作家，散文家，知名学者。
[2]《纯文学图书馆》：于1757至1765年间发行的一份文学批评杂志。
[3]《前沿文学通讯》：于1759至1765年间发行的一份文学杂志，共24期。莱辛是该杂志的奠基人，同时也是三位主要撰稿人之一。

非如此。图书馆所刊载的批评文章，其作者如今已广为人知，可说是水落石出了；假如真像他本人所坚称的那样，他们那帮人同样也曾是简报的作者，那我不明白他为什么偏要将怒火发泄到我的身上。或许对于像他这样一位尊贵的绅士而言，他必须对一个明显很无辜的人肆意发泄怒火，因为他知道对方拿他没辙；假如情况真是如此，我很乐意继续为他本人的文学素养，以及他各路朋友的盲目与愚昧服务，并且收回我的谴责。

莱辛

显 形

在那片森林最孤幽的深处，我已暗自听得许多动物的对话。眼下我就躺在此地，在一道水流平缓的瀑布旁，努力给自己写的一则故事装饰上最轻盈的一重诗意。我的这种行为诚如拉·封丹[1]之所为，他对寓言的装饰几乎称得上宠溺。我沉思，我挑选，我拒绝，我的额头阵阵发烫——徒劳无功，纸面上什么也没出

---

[1] 拉·封丹：全名为让·德·拉·封丹（1621—1695），法国古典文学作家，寓言诗人。代表作有《拉·封丹寓言》。

现。我满怀愤怒地跳了起来；但是，看哪！——蓦然之间，寓言的缪斯，是她，站在了我面前。

她微笑着说："学徒啊，何必如此不辞劳苦、自讨苦吃呢？真理需要寓言式的优雅；可寓言本身又何需韵律和谐的优雅来支撑？你这样做，就好比是在对香料进行调味。够了，就让虚构的文采归于诗人；让朴实无华的叙述归于故事的说书人吧，大哲之智亦如是。"

我正打算回话，缪斯却消失了。

"她消失了吗？"我听到一位读者发问，"假使你欺骗我们的手段能够更高明些，岂不更好！正因为你太无能，才会将自己浅薄的结论通过缪斯的嘴讲出来！不过是种寻常骗术罢了——"

好得很，我的读者！根本没有缪斯在我面前显形。我只是讲了一则寓言，你自己也从中收获了教训。将自己的奇思妙想改头换面，变成神明显形之后讲出的神谕——我不是第一个这样做的，也不会是最后一个。

狮子和兔子

一头狮子将一只滑稽的兔子视为密友。

"这是真的吗?"有一次,兔子这样问狮子,"一只惨兮兮的打鸣鸡,就能轻而易举地将你们这些狮子给赶走?"

"确实如此,"狮子答道,"通常,我们这些庞大的野兽总是会有些小小的弱点。比如,你听说过大象吧,区区一头猪的叫声就会让它颤抖和恐惧。"

"真的?"兔子打断了狮子的话,"是吧,现在我总算明白,为什么我们兔子如此害怕狗了。"

仓鼠和蚂蚁

　　一只仓鼠说:"你们这些可怜的蚂蚁,辛苦了一整个夏天,却只搜集到一点点东西,值得吗?你们真该看看我的存粮!"

"听着,"一只蚂蚁回应道,"当存粮大于你的实际需要时,人类会找到你,清空你的库房,让你用生命为自己的贪婪赎罪。他们这样做,难道不是合情合理的吗?"

宙斯和马儿

"众生与人类之父啊,"马儿走近宙斯的宝座说道,"他们想让我成为你用来装点世界的最美丽的生物之一,我的自恋令我觉得自己其实已经是了。不过话说回来,我身上是不是应该还有些可以改进的地方呢?"

"既然如此,你认为自己身上有什么需要改进的呢?说吧!让我跟你学学看。"好心的神回应道,脸上露出了微笑。

"兴许可以这样,"马儿继续说了下去,"兴许我的腿可以更长些、更细些,如此一来,我就能变得更

加轻快矫健；修长的天鹅颈，不会阻碍我的视线；更宽阔的胸膛，足以增加我的气力；还有，既然注定要让我驮着人类，不如你直接赐予我马鞍吧。要知道，只有仁慈的骑手才会给我套上马鞍。"

"很好，"宙斯认真答道，"你先耐心等一会儿！"宙斯表情严肃，念出造物的咒语。生命自尘埃中涌现并凝聚到一起。霎时间，宝座前出现了一只丑陋的骆驼。

马儿看见之后吓了一跳,无比的厌恶,浑身颤抖个不停。

"这是你要的,更长更细的腿,"宙斯说道,"这也是你要的,修长的天鹅颈,这是更宽阔的胸膛,这是天生的马鞍!你想要吗?马儿,你想让我像这样来改进你吗?"

马儿仍在颤抖。

"下去吧,"宙斯接着说道,"这次只是教训,不会有惩罚。不过,为了让你能够时不时地回想起自己的狂妄,为了让你能够有所反省,新的造物啊——你必须存在,"宙斯向骆驼投去宽容的一瞥——"马儿看到你时,永远不会停止颤抖。"

驴子和猎马

有一头驴子,自不量力地跑去跟一匹猎马赛跑。比赛转眼结束,驴子惨遭失败,被狠狠地嘲笑了。

"我现在算是知道,"驴子说,"问题究竟出在哪儿了——几个月前,我的脚被刺扎了一下,现在还很疼呢。"

"请你们原谅我吧,"布道者利德霍尔德说,"我今天的布道恐怕没那么缜密有序,没那么打动人心,没有像莫士姆[1]幸运的模仿者那样满足大家的期待;你们应该听得很清楚,我的喉咙疼,而且已经疼了八天了。"

---

1 莫士姆:全名约翰·洛伦茨·莫士姆(1693—1755),德国路德会伟大的历史学家和演说家。

猴子和狐狸

"请给我列举出一种灵活无比的动物,灵活到连我都无法模仿它!"猴子向狐狸自夸道。

狐狸却回答说:"倒是你啊,请给我列举出一种卑鄙的动物,卑鄙到居然想要去模仿你。"

自负的作家们啊!还有必要让我向你们解释得更清楚吗?

夜莺和孔雀

一只善于交际的夜莺置身于森林歌手们之间,发现大家都很嫉妒自己,它交不到任何朋友。"或许我在其他种群里能够交到朋友。"夜莺心想,于是它非常亲切地飞到了孔雀那里。

"美丽的孔雀!我很钦佩你。"

"我也是,可爱的夜莺!"

"既然如此,就让我们成为朋友吧,"夜莺继续说道,"我们不会相互嫉妒;你看起来赏心悦目,诚如我的歌声饱人耳福。"

夜莺和孔雀成了朋友。

内勒[1]和蒲柏[2]成了朋友,比蒲柏和艾迪生[3]更要好。

---

1 内勒:全名戈弗雷·内勒(1646—1723),英国肖像画家。
2 蒲柏:全名亚历山大·蒲柏(1688—1744),英国著名诗人。
3 艾迪生:全名约瑟夫·艾迪生(1672—1719),英国著名作家、诗人,曾与蒲柏因荷马史诗的翻译问题发生过激烈争论。

狼和牧羊人

有个牧羊人在一场残酷的瘟疫中失去了自己的整个羊群。狼听说了这件事情,专程跑来向他表示哀悼。

"牧羊人啊,"狼说,"如此残酷的不幸,果真降临到你身上了吗?你果真已失去整个羊群了吗?可爱的、温驯的、肥美的羊群哪!你的遭遇可真令我感到难过,我都快要哭出血泪了。"

"谢谢你,叶森格伦[1]大师,"牧羊人很认真地回答道,"看得出来,你有一颗满怀同情的善心。"

---

1 叶森格伦:古老的德国寓言中一头狼的名字。

"它确实有一颗善心,"牧羊人身旁的胡拉克斯[1]补充道,"这颗善心常常会在旁人遭遇的不幸令它自己吃亏时表现出来。"

---

1 胡拉克斯:古老的德国寓言中一条牧羊犬的名字。

骏马和公牛

骑上一匹火红的骏马,那个勇敢的男孩无比骄傲地疾驰而来。

这时,一头桀骜的公牛冲着骏马喊道:"奇耻大辱!我绝对不会忍受一个男孩的驾驭!"

"可是我会,"骏马答道,"更何况,将一个男孩甩下来,又能给我带来什么荣誉?"

夜莺和苍鹰

一只苍鹰抓住了一只正在唱歌的夜莺。

"既然你的歌声已是如此动听,"苍鹰说,"那你的味道将是多么销魂!"

苍鹰的这番话,究竟是恶意的嘲讽,还是纯粹的天真?我不清楚。但在昨天,我听到有人说:"这位写出无可比拟的诗歌的女士,一定不是个很可爱的女人!"这当然是纯粹的天真!

蟋蟀和夜莺

"我向你保证，"蟋蟀对夜莺说，"我的歌声并不缺乏崇拜者。"

"既然如此，给我列举出几个来吧。"夜莺说。

"农田里那些勤劳的收割者们，"蟋蟀回答道，"他们兴趣盎然地听我唱歌。他们是人类国度里最有用的一群人，这一点你大概不会否认吧？"

"我不否认，"夜莺说，"然而，正因为如此，你千万不可因为他们的喝彩而感到骄傲。一群老实人，将所有心思都放在劳动上，必然缺乏细腻的情感，不可能真正懂得欣赏。所以，在等到无忧无虑的牧羊人也能吹奏出动听的笛声，怀着沉静的喜悦听完你的一首歌之前，不要对你的歌声抱有任何幻想。"

好战的狼

"我的父亲啊,多少光荣的回忆。"一只年轻的狼对一只狐狸说道,"它是一位真正的英雄!方圆百里,谁听了它的威名不闻风丧胆!它接连战胜了两百多个敌人,将它们脏污的灵魂送入地狱。最后它终究还是在一个敌人那里落败了,但这又有什么可奇怪的呢?"

"这是葬礼演说家惯用的表达方式,"狐狸说道,"实事求是的历史学家会对此加以补充——它接连战胜的两百多个敌人全是绵羊跟驴子,令它最终落败的那一个敌人,则是它敢于主动袭击的第一头公牛。"

凤 凰

经过许多个世纪之后,凤凰现身了,它很期待自己能够再次被大家看到。于是所有的动物都聚集在它的周围。它们凝视,它们惊叹,它们钦佩,旋即爆发出一阵近乎狂热的赞美声。

然而,没过多久,就连那些最善良、最爱交朋友的动物,都满怀怜悯地将目光从凤凰身上挪开了,并叹息道:"可怜的凤凰啊!它的命运真坎坷,既没有爱人,也没有朋友——因为它是自己种群里唯一的幸存者!"

鹅

有一只鹅,其羽毛之洁白,足以让初雪羞愧。对于大自然施与的这令人目眩的天赋,它感到十分骄傲,甚至认为自己生来就是一只天鹅,不属于自己的种群。于是,它离开了同伴,在池塘里形单影只、得意扬扬地游着。它一会儿努力伸长脖子，想尽办法补救这一短处，一会儿又试图将脖子扭出华贵的曲线——真正的天鹅都具有的无愧于"阿波罗之鸟[1]"称号的体面外形。然而，这一切都是徒劳。鹅的脖子太僵硬了，它再怎么努力也成不了天鹅，只能成为一只很可笑的鹅。

---

1 阿波罗之鸟：在古希腊传说中，天鹅是阿波罗的神鸟。

橡树和猪

在一棵高大的橡树之下,有一头贪婪的猪正在享用橡树掉落的果实。它的嘴才刚咬住一颗橡子,眼睛就已经在搜索下一颗了。

"忘恩负义的畜生!"橡树终于开始朝着下方怒吼了,"你以我的果实为食,却不愿抱着感激之情抬头看我一眼。"

猪停了一会儿,咕哝着给出了回应:"只要我能确定,你是为了我才落下自己的橡子的,那我感激的目光肯定不会缺席。"

麻雀

  一座让麻雀们筑了无数个巢的老教堂被修复了。当它终于整修一新，美轮美奂地矗立在那里时，麻雀们又飞回来。哪承想，旧巢都被封死了。

  于是，麻雀们开始大吵大嚷："偌大一座建筑有什么用？走吧，赶紧离开这无用的石头堆！"

驼 鸟

"现在我要起飞了!"这只巨大的鸵鸟喊道。所有鸟类都站在它周围,全神贯注地期待着。

"现在我要起飞了!"它再次喊道,

并展开自己强有力的翅膀,像一艘扬起风帆的船一样,朝前方冲去,最终却一步也没离开过地面。瞧见了吧,这就好比那些没有诗才的脑袋想出来的诗歌。在他们冗长颂歌的最开始几行,总是要吹嘘自己拥有一对引以为豪的翅膀,扬言自己将翱翔于云彩与繁星之上,但实际上他们始终忠于尘泥!

麻雀和鸵鸟

"只要你愿意,大可以为自己的体形、自己所拥有的力量感到骄傲,"麻雀对鸵鸟说道,"然而我还是比你更像一只鸟。你不能飞,而我能飞,虽然我飞得不高,虽然我只是勉强地颠簸前行。"

写得出欢乐酒歌、精悍情歌的粗鄙诗人,往往比撰写冗长的赫尔曼颂歌的呆板作家更具天才般的巧思。

米若普斯

"我必须问你些事情，"一只年轻的鹰对一只思想深刻、博学多闻的雕鸮(xiāo)说道，"传闻有一种叫作米若普斯的鸟，当它飞上天空时，尾巴在前面，头朝着地面。这是真的吗？"

"唉，没这种事！"雕鸮答道，"那只是人类不切实际的虚构。虚构者自己恐怕也是这样一只米若普斯，既想在天空中飞翔，又时刻不忘面朝大地。"

狗儿们

"在这个国家里,我们的种群是多么堕落啊!"一只正在周游世界的卷毛狗说道,"在人们称之为印度的遥远国度,在那里,仍然有真正的狗。狗儿们,我的兄弟们——你们恐怕不会信我,但我却亲眼见识过了——它们甚至不怕狮子,会大胆地冲上前,主动找狮子打架。"

"可是,"一只稳重的猎犬问卷毛狗,"它们能打赢吗?打赢一头狮子?"

"打赢?这个问题的答案,我现在不太方便讲。不过,想想看吧,跟一头狮子打架——"

"噢,"猎犬继续说道,"如果它们打不赢,那你所吹嘘的这帮狗,恐怕比我们强不到哪里去,但显然比我们蠢得多。"

狐狸和鹳

狐狸对远道而来的鹳(guàn)说:"给我讲讲您亲眼所见的关于外国的各种情况吧。"

于是,鹳开始给狐狸详细讲解自己去过的每一片池塘、每一片湿草地,它在那里吃过的最美味的虫子和最肥美的青蛙。

"您在巴黎住了很久了,我的先生。您觉得巴黎最好的餐厅在哪里,哪种葡萄酒最合口味?"

猫头鹰和挖宝人

那位挖宝人,是个很不通情达理的男人。他冒险进入一处被强盗作为据点的古老废墟。在那里,他看到一只猫头鹰抓住并吞食了一只瘦得没油水的老鼠。于是他问:"这适合密涅瓦[1]的哲学宠儿[2]吗?"

"为什么不呢?"猫头鹰答道,"难道因为我喜欢静默沉思,我就可以只靠空气来养活自己吗?不过,我很清楚,你们人类倒是对你们的学者有这样的要求——"

---

1 密涅瓦:古罗马神话中的智慧、战争、月亮和记忆女神,对应古希腊神话中的雅典娜。
2 哲学宠儿:密涅瓦是古罗马神话中的智慧女神,她的猫头鹰代表着哲学。

小燕子

"你们在做什么呀?"一只燕子问忙碌的蚂蚁们。

"我们正在为冬天储备粮食。"一只蚂蚁匆匆回答道。

"这很聪明,"燕子说,"我也要这样做。"于是,它开始将大量的死蜘蛛和死苍蝇带进自己的巢穴。

"这样做是为了什么?"它的母亲终于发问了。

"为了什么？亲爱的母亲啊，为恶意满满的冬天储备粮食啊。一起来吧！居安思危，蚂蚁们教会了我这个道理。"

"噢，还是让地上的蚂蚁好好享受这点儿小聪明吧，"大燕子说，"适合它们的道理，并不适合条件优越的燕子。善良的大自然早就为我们安排了更光明的前程。当丰饶的夏季结束时，我们就要离开；在这趟旅途中，我们得以休养生息，远方温暖的沼泽正等待着我们，那里的冬天照样物产丰饶，直到新的春天来临，呼唤我们去过全新的生活。"

鹈　鹕

对于有上进心的孩子，父母不用管得太多。反之，如果一位父亲偏要为自己堕落的儿子呕心沥血，父爱也就随之化作了愚昧。

一只善良的鹈鹕(tí hú)看到自己年幼的孩子们正在忍饥挨饿，于是用尖锐的喙(huì)划开胸膛，用自己的鲜血哺育孩子们。

"你的慈爱之心令我钦佩，"一只老鹰朝鹈鹕喊道，"可是，你的一视同仁到了这种地步，却也令我惋惜。快瞧瞧吧，在你那些年幼的孩子们中间，孵出了多少只布谷鸟啊！"

事情是这样的：布谷鸟心狠手辣，将自己下的蛋塞到了鹈鹕的羽翼下面。——忘恩负义的布谷鸟，它们的生命，值得鹈鹕付出如此高昂的代价吗？

狮子和老虎

狮子和兔子都是睁着眼睛睡觉的。有一次,结束辛苦的捕猎之后,狮子觉得很累,直接在自己那令人害怕的洞窟入口睡着了。

这时,有只老虎跳上前来,冲着睡得还不太沉的狮子大笑起来。"无畏的狮子!"它喊道,"这不是睁着眼睛在睡觉吗?果然,就跟兔子一样!"

"就跟兔子一样?"狮子一跃而起,大声咆哮,猛地一下咬断了这位嘲笑者的喉咙。老虎在血泊中打着滚儿,而平静下来的胜利者又躺下睡觉了。

公牛和雄鹿

草地上,一头笨重的公牛和一只敏捷的雄鹿聚在一起吃草。

"雄鹿啊,"公牛说,"假如狮子来攻击我们,我们可要像个男子汉一样跟它战斗;我们要勇敢地击退它。"

"不要对我过分苛求,"雄鹿回应道,"为什么非要跟狮子进行一场不公平的战斗呢?对我而言,从狮子手里逃脱反而更有把握。"

驴子和狼

一头驴子偶遇一只饿狼。

"可怜可怜我吧,"浑身颤抖不已的驴子说,"我是一只可怜的、患病的动物。瞧瞧我的脚上,扎进了一根多么吓人的刺!"

"确实,我对你感到同情,"狼回应道,"良心在催促我了,我有义务为你解除这份痛苦——"

话音刚落,驴子就被撕碎了。

朱庇特[1]和阿波罗[2]

朱庇特和阿波罗争论他俩谁是最好的射手。

"我们干脆直接比一场好了!"阿波罗说。他拉开弓,一箭正中靶心,朱庇特一看就知道,自己根本没办法击败他。"我看到了,"朱庇特说,"你的箭法确实很好,但我依然可以胜过你,只不过要费点儿力。今天就算了,我打算下次再试试看。"

他还要再试试看,聪明的朱庇特!

---

1 朱庇特:古罗马神话中的众神之王。
2 阿波罗:受到古罗马人崇拜的希腊神,是光明与预言之神,同时也是箭术之神。

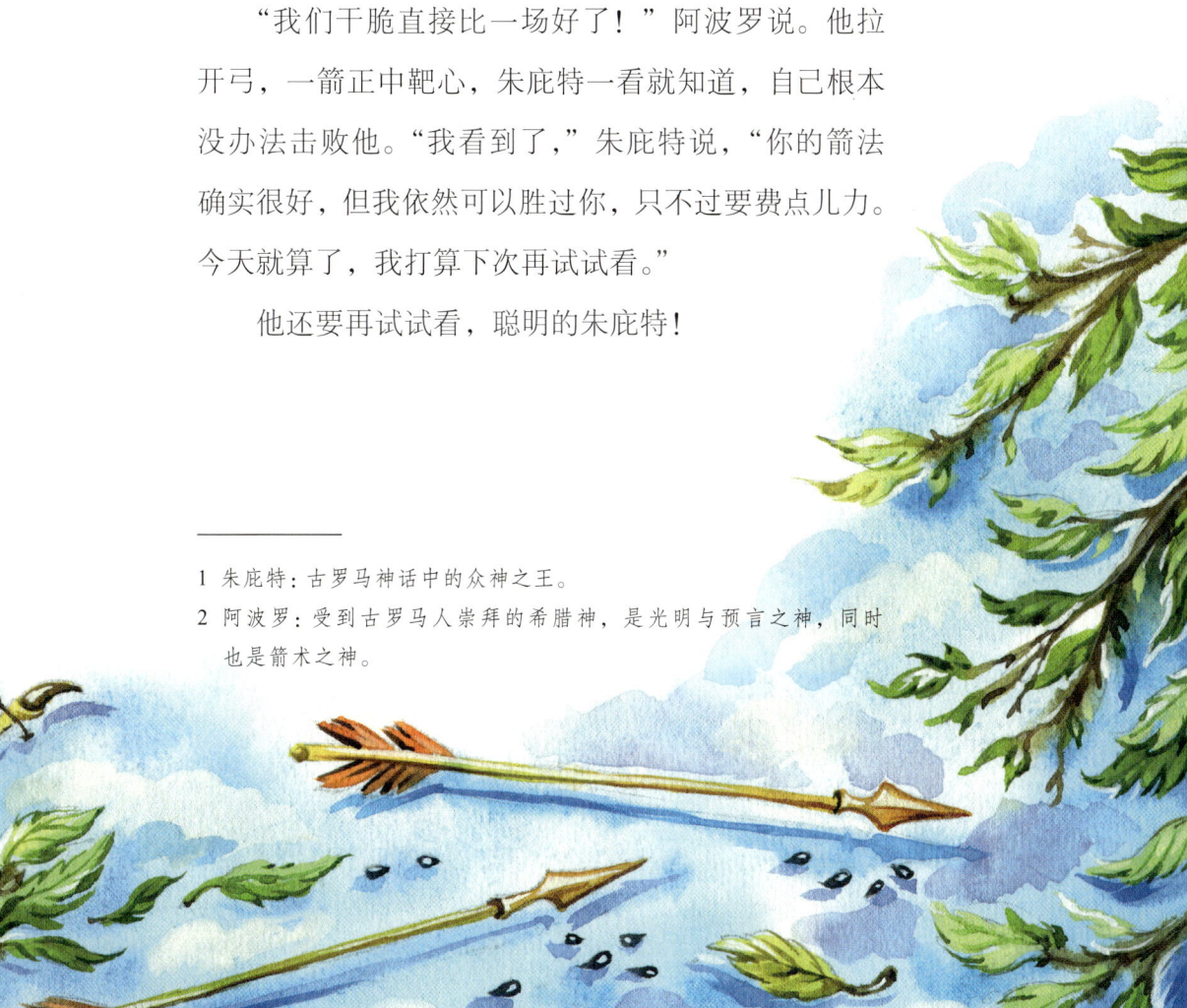

棋盘上的马

两个男孩想下国际象棋。少一个马,他们就用一个多出来的士兵来代替。

"咳,"棋盘上其他的马纷纷叫嚷起来,"从哪儿来的,步步为营先生[1]?"

男孩们听到这番嘲讽,呵斥道:"闭嘴!它为我们做的事情,不是跟你们完全一样吗?"

---

[1] 国际象棋中的士兵在前期只能一步一步往前走,故有此说。

伊索和驴子

驴子对伊索说:"如果你再用我来创作小故事,就让我讲些充满智慧、发人深省的话吧。"

"让你来讲些发人深省的话!"伊索说,"这怎么合适呢?到时候,大家岂不是会说你是道德导师,我才是驴子吗?"

铜 像

一尊由某位杰出艺术家打造的铜像，被熊熊大火熔成了一团铜块。这团铜块辗转落到了另一位艺术家的手里。他运用自己的技艺，将这团铜块打造成了一尊新的铜像，虽然与第一尊铜像所表现的内容不同，但在品质和美感上却与之相当。

嫉妒看到了新铜像，牙齿咬得嘎吱响。最后，它总算想出一句蹩脚的慰藉："要是没有老铜像的材料，那位好好先生恐怕连这件差强人意的作品都造不出来。"

赫拉克勒斯[1]

赫拉克勒斯被带入天界,在众神面前,他首先向天后问候。天界众神和天后都感到很讶异。

"这可是你的仇敌啊,"几位天神大声说道,"你竟如此恭敬地对待她?"

"没错,我就是要这样待她,"赫拉克勒斯答道,"她的迫害使得我有机会去完成那些功绩,赢得跻身天界的资格。"

---

[1] 赫拉克勒斯:古希腊神话中,赫拉克勒斯是天神宙斯和阿尔克墨涅的儿子,受天后嫉恨所害,发狂杀死了自己的孩子。之后他为了赎罪,完成了"十二项功绩",奠定了他成为神的基础。

奥林匹斯众神纷纷赞许这位新神的回答,天后也因此跟赫拉克勒斯达成了和解。

男孩和蛇

一个男孩正在跟一条已被驯服的蛇玩耍。"我亲爱的小家伙,"男孩说,"假如你嘴里的毒牙没有被拔掉,我才不会跟你这么亲近。你们这些蛇啊,是世上最邪恶、最忘恩负义的动物!我曾经读过这样一个故事:有个穷苦的农夫,在树篱下发现了一条冻得半死不活的蛇。恐怕就是你的祖先。他满怀怜悯地将蛇捡起来,放进自己温暖的怀里。哪承想,这坏家伙才刚苏醒过来,就马上咬住了自己的恩人。结果,好心的、善良的农夫无可挽回地送了命。"

"我很惊讶，"蛇说，"那个编故事的人肯定对我们有偏见！我们种群讲述这个故事的视角和你们完全不一样。你口中那位好心的农夫，他认为蛇真的冻死了，又恰恰因为它是一条色彩鲜艳的毒蛇，所以他才决定将它放进怀里，带回家去，准备剥下它美丽的蛇皮。你说，难道不是这样吗？"

"哎呀呀，快闭嘴吧！"男孩回应道，"哪个忘恩负义的家伙不知道找理由给自己开脱呢？"

"你讲得很对，我的儿子。"这时候，一直在旁边聆听这段对话的父亲开口了，"不过话说回来，如果你听来的事情过于忘恩负义，那么，在你给对方打上这道卑鄙烙印之前，一定要仔细调查清楚所有相关的情况。真正不求回报的施恩者，几乎很少遇上忘恩负义之徒。是啊，为了人类的荣誉，我也希望——永远不会遇上。可是，我的孩子，那些怀揣一己私利的施恩者不值得感激，他们本就应该受到忘恩负义的对待。"

狼之将死

　　这只狼已是奄奄一息。往事历历在目，任由它逐一回顾。

　　"我肯定是有罪的，"它说，"不过，我希望自己还不至于归在罪大恶极之列。我做过许多坏事，但也做过许多好事。还记得有一次，从羊群中跑出来一只咩咩叫的小羊，它离我如此之近，我甚至可以轻而易举地掐死它，但我却并没有对它做些什么。不仅如此，我还以最令人钦佩的宽容的态度，耐着性子听了这

只绵羊对我的嘲弄和辱骂——尽管眼前根本没有保护羊群的狗。"

"这一切我都可以替你作证,"正在帮狼做临终准备的朋友——狐狸,打断了狼的话,"因为我仍清楚记得当时的全部情况。恰恰也是在那个时候,你被一根骨头噎得很惨。后来多亏那只好心肠的鹤,替你从喉咙里把它取了出来。"

公牛和小牛

一头强壮的公牛用自己的牛角撞碎了门楣,挤进了低矮的厩(jiù)门。

"瞧啊,牧人!"一头小牛叫道,"我就不会对你造成这样的损害。"

"假如你真能造成这样的损害,"这位牧人回应道,"那可真是太好了!"

小牛的说辞,跟那些小肚鸡肠的哲学家们如出一辙。"坏家伙拜尔[1]!他用自己冒失的怀疑,令多少正直的心灵深感不安!"——噢,这帮先生啊,如果你们个个都能成为拜尔,我们倒甘愿接受由此造成的不安!

---

[1] 拜尔:全名皮埃尔·拜尔(1647—1706),法国哲学家、批评家,勇于以怀疑论为武器批判前人的理论,被认为是十八世纪理性主义的先驱。

孔雀和乌鸦

一只骄傲的乌鸦,用孔雀掉落的花哨羽毛来装点自己。它认为自己已经装扮得足够好时,便放肆地混进了朱诺闪亮的鸟群[1]中。然而它被认出来了,转眼之间,所有的孔雀都在用自己锋利的喙啄它,扯下了它身上骗人的装饰。

"放了我吧!"乌鸦最后高声喊道,"你们现在已经取回了属于你们的一切。"然而,这些孔雀注意到,乌鸦身上也长了些闪亮的翎毛,于是,它们回应道:"闭嘴,可怜的傻瓜。这些也不能归你所有!"说罢,它们便继续啄了下去。

---

1 朱诺闪亮的鸟群:指孔雀。在古罗马神话中,孔雀是天后朱诺的象征。

狮子跟驴同行

伊索的狮子跟驴一同朝着森林前进，利用驴子可怕的叫声帮自己捕猎动物。有只爱管闲事的乌鸦在树上冲着狮子喊道："真是一对好搭档！你跟驴子一起走，不觉得羞耻吗？"

"我需要谁，"狮子答道，"谁就可以伴我同行，对此我是很乐意的。"

当大人物们打算将哪个小人物引荐到自己的圈子里时，他们都是这么想的。

驴跟狮子同行

驴跟伊索的狮子一同朝着森林前进,把自己当作狮子狩猎时的号角。它遇到了另一头相熟的驴,那头驴朝它喊道:"你好,我的兄弟!""不知羞耻的东西!"这竟是它的回应。

"为什么要这样呢?"那头驴继续说道,"你跟狮子同行就比我厉害吗?厉害到不再是一头驴了?"

盲母鸡

有一只母鸡,习惯于刨土觅食,尽管现在失明了,它也没有停下来,依旧勤奋地四处刨土。可是,这种

勤奋对它这个傻瓜又能有什么助益？

另有一只视力好的母鸡，十分爱护自己娇嫩的爪子，整天在盲母鸡身旁，跟着它，从不刨土，享受着盲母鸡四处觅食的成果。

每当盲母鸡刨出一粒谷，视力好的那只母鸡转眼就会将这粒谷给吃掉了。

驴　子

驴子向宙斯抱怨人类对它们太残酷了。它说:"我们强壮的背脊,承载着他们沉重的货物,这些货物如此沉重,他们自己以及任何一种身体稍弱的动物,在面对这些时都不得不缴械投降。哪承想,他们还想通过无情的抽打,迫使我们达到更快的行走速度。可是,在那货物的重压下,他们追求的速度对于天生行动迟缓的我们而言,根本就是逆天行事,就算再怎么强求也不可能办到。宙斯啊,请给人类下个禁令,让他们不要再这么蛮不讲理了。您不是也曾下达过其他的禁令吗?人类不也正遵守着吗?实话实说,我们很愿意为他们运货,因为您创造我们就是为了这个目的,但我们可不想无缘无故挨打。"

宙斯对它们的发言人说:"我的造物,这个请求不无道理；在我看来，似乎没有什么办法能够让人类相信，你们天生的迟缓并不是因为懒惰。只要他们不相信这点，你们就要挨打。——尽管如此，我仍打算减轻你们命定的负担。——从现在起，你们的感觉将变得迟钝，你们的皮肤将变得坚硬耐打；鞭打你们的人类，胳膊很快就会因为不断的抽打而感到疲累。"

"宙斯啊，"驴子们喊道，"您永远都是那么智慧、那么仁慈！"——它们高兴地离开了他的宝座，那确实是博爱的宝座。

受保护的羔羊

牧羊犬胡拉克斯正在看守一只温顺的羔羊。跟胡拉克斯相比,吕科德斯[1]从皮毛、口鼻和耳朵上看起来更像是一只狼。它看到胡拉克斯之后,马上冲了过去,高声喊道:"狼,你想对这只羔羊做些什么?"

---

1 吕科德斯:古老的德国寓言中牧羊犬胡拉克斯的同伴,它们经常成对出现。

"你才是狼呢!"胡拉克斯回应道。(两条狗都误判了对方的身份。)"快走开!不然的话,你就会知道厉害,知道我才是这羔羊的保护者!"

吕科德斯非但不走,还想用武力从胡拉克斯手里夺走羔羊;胡拉克斯同样想用武力占有羔羊。保护者可真有本事!那只可怜的羔羊转眼间就被撕成了碎片。

水 蛇

宙斯给青蛙一族立了一位新国王:派来一条贪婪的水蛇,换掉了之前那个无为的傻瓜。

"您既然要当我们的国王,"那些青蛙大喊大叫道,"为什么又要吃我们?"

"因为,"蛇回答说,"是你们求我来的——"

"我可没有请求你来!"其中一只青蛙叫道。

水蛇的眼睛马上就盯上了这只青蛙。"没有吗?"水蛇说,"那就更糟糕了!既然如此,我必须先吃掉你,因为你没有请求宙斯派我来嘛。"

狐狸和面具

很久以前,有只狐狸偶然发现了某个演员遗留下来的面具,张着血盆大口,里面空空如也。

"好个大脑袋!"狐狸一边端详,一边嘀咕道,"没有脑子,嘴巴张得大大的!这岂不正是喋喋不休者的脑袋?"

这只狐狸认出了你们,你们这些高谈阔论、永不停歇的家伙,只知道折磨我们五种感官中最无辜的那一种[1]!

---

[1] 指听觉。

乌 鸦

狐狸看到以祭品为生的乌鸦正在洗劫神坛，偷食供品。于是它便在心里嘀咕道："我倒想知道，乌鸦能够享用祭品，是因为它本来就是一只预言鸟，还是因为它敢于同众神共享祭品，才被认为是一只预言鸟？"

乌鸦和狐狸

有只乌鸦用爪子叼走了一块被涂过毒药的肉，那是愤怒的园丁为毒死邻居家的猫故意扔下的。

乌鸦飞到一棵老橡树上，正准备开始用餐，一只狐狸蹑手蹑脚地走了过来，对乌鸦喊道："保佑我吧，朱庇特之鸟[1]！"

"你把我认成谁了？"乌鸦问道。

"我把您认成谁了？"狐狸回应道，"您不就是那只威风凛凛的老鹰吗？每天从宙斯的右肩膀

---

1 朱庇特之鸟：指古罗马神话中朱庇特的化身鹰。对老鹰的这种崇拜承袭自古希腊神话中的宙斯，因此下文中狐狸又随意将朱庇特改称为宙斯。

飞到这棵橡树上,施舍食物给我这穷苦人。您为什么要伪装自己?在您战无不胜的爪子中,我看到的岂不正是宙斯派您给我送来的礼物?"

乌鸦对于自己被误认为是一只鹰这件事感到惊讶,但同时也非常开心。它暗自思忖:我绝对不能让狐狸发现它其实认错了。于是,愚蠢的乌鸦慷慨地丢下自己的猎物,得意地飞走了。

诡计得逞,狐狸哈哈大笑,抓起那块肉快活地吃了起来。哪承想,这种快活很快就变成了剧烈的痛苦:毒药开始生效,狐狸命丧黄泉。

除了毒药,恐怕没有你们不去阿谀奉承的东西了吧,该死的献媚者!

守财奴

"我可真是个不幸的人哪!"守财奴向自己的邻居抱怨道,"昨晚有人偷走了我埋在花园里的一大笔钱,并在原来的位置上放了块该死的石头。"

"你那一大笔钱,"邻居回应道,"本来就绝对不会拿来用。既然如此,不妨想象一下,这块石头就是你那一大笔钱,如此一来,你岂不是分文没少?"

"如果我真是分文没少,"守财奴回应道,"岂不等于另一个人平白无故得了这么多钱吗?另一个人一夜暴富!光是想想我就要气疯了。"

宙斯和绵羊

绵羊不得不承受各种动物的欺负，这给它带来了许多痛苦。于是，它来到宙斯面前，恳求减少自己的痛苦。

宙斯似乎很愿意帮忙，他对绵羊说："我看得很清楚，虔诚的造物，我创造出来的这个你，实在太缺乏保护自己的力量。所以，现在就任由你来挑选一种力量吧——我应该怎样做，才能最好地弥补这个错误呢？我应该用可怕的牙齿来武装你的嘴，用锋利的爪子武装你的脚吗？"

"噢，不要。"绵羊说，"我不希望跟那些贪婪的猛兽有任何相同之处。"

"或者说，"宙斯继续讲了下去，"我应该将剧毒掺进你的唾液里？"

"唉呀呀！"绵羊说，"毒蛇是多么令人痛恨啊！"

"既然如此，我该怎么做才好？要么让我在你眉毛上方安上犄角，再使你的脖子充满力量。"宙斯说。

"也不行，慈悲的天父，那样的话，我会变得跟山羊一样容易暴躁。"

"总归是有必要的，"宙斯说，"你要保护自己不受他者伤害，就必须有能够伤害他者的力量。"

"必须有吗？"绵羊叹息道，"噢，那就让我自生自灭吧，慈悲的天父。一旦拥有伤害他者的力量，恐怕就会唤起伤害的欲望；承受错误总比犯下错误要好。"

宙斯祝福了这只虔诚的绵羊。自那时起，它就忘记了抱怨。

狐狸和老虎

一只狐狸对老虎说:"我想拥有你的速度和力量。"

"难道我就没有其他能够让你艳羡的东西了吗?"老虎问道。

"就我所知,没有了。"

"连我这一身美丽的皮毛也不喜欢?"老虎继续说道,"它就跟你脑子里的想法一样多姿多彩,你要是有了它,外在跟内在就非常相衬了。"

"维持现状就好,"狐狸回应道,"我向来很感激自己的表里不一,从来都不会露出真面目。不过话说回来,愿诸神保佑,我倒是很愿意把这身皮毛通通换成羽毛!"

男人和狗

有个男人被狗咬了,他很生气,于是杀了那条狗。被咬的伤口看上去很严重,男人不得不去咨询医生。

"就我所知,"江湖医生[1]说,"最好的补救办法,莫过于将一块面包放在伤口处浸一浸,再拿去让咬你的狗吃掉。如果连这种共情疗法[2]都无济于事,那可就凶多吉少了——"话说到这里,医生耸了耸肩膀。

"倒大霉的火暴脾气!"男人叫道,"共情疗法肯定没用,因为我已经杀了那条狗。"

---

1 江湖医生:罗马帝国时期的希腊医生,属于经验派。
2 共情疗法:欧洲江湖医生的一种迷信治疗方法,通过跟病因达成"共情",获得和解从而治愈疾病。

葡 萄

我知道有一位诗人,那些可笑模仿者的尖叫崇拜给他带来的伤害,远远超过真正的艺术批评家对他的蔑视与嫉妒。

"葡萄是酸的!"徒劳地跳了很久也没能摘到葡萄的狐狸评价道。一只麻雀听到后,说:"这葡萄是酸的吗?在我看来,它恐怕并不酸!"说罢,它飞过去,尝了尝,觉得很甜,马上召集了上百个馋嘴的弟兄过来。

"快尝尝吧!"它喊道,"快尝尝吧!如此美味的葡萄,狐狸居然骂它酸。"它们全都尝了尝,转眼之间,葡萄就没了,于是再也没有狐狸在下面蹦跶了。

绵 羊

当朱庇特庆祝他的结婚纪念日时,几乎所有的动物都带着礼物来了,然而,朱诺发现绵羊没来。

"绵羊在哪里?"这位女神问道,"为什么虔诚的绵羊没有给我们带来它善意的礼物?"

狗接过话头说道:"不要生气,女神。我今天碰巧就看到了这只绵羊,它大声悲鸣,非常难过。"

"为什么绵羊会悲鸣呢?"已经被绵羊的行为触动了的女神接着问了下去。

"绵羊说:'我现在一无所有!既没有羊毛,也没有羊奶。我该给朱庇特带什么呢?难道到时候只有我——只有我一个——在他面前两手空空吗?我宁愿去求牧羊人,将我做成祭品,献给朱庇特!'"

说着说着，已经被宰杀做成祭品的绵羊，随着牧羊人的祈祷和一缕烟穿透云层，被献给了朱庇特。对朱庇特而言，这是一股格外香甜的气味。

假使泪水也能令不朽女神的眼睛湿润的话，朱诺现在恐怕早已流下了她的第一行泪水。

山 羊

山羊请求宙斯也给它们安上犄角,因为它们原来是没有犄角的。

"你们所请求的馈赠,可要好好考虑清楚,"宙斯说,"因为犄角这一馈赠,跟另一项馈赠是密不可分的。犄角虽好,但另一项馈赠对你们而言就不那么好了。"

尽管如此，山羊依旧坚持它们的请求，于是宙斯只好说："那就给你们犄角。"

山羊瞬间长出了犄角——还有胡须！要知道，山羊原来也是没有胡须的。噢，这丑陋的胡须令它们感到多么痛苦啊，远远超过了引以为傲的犄角带来的开心！

野苹果树

在一棵野苹果树的空心树干里,居住着一大群蜜蜂。蜜蜂用自己的宝贝蜂蜜将树干的内部填满,这棵树因此变得非常骄傲,甚至开始蔑视起其他所有的树木。

于是,有一株玫瑰花冲它喊道:"可悲的傲气,全靠借来的甜蜜!你的果实难道因此减少了酸涩?如果真有本事,你就把蜂蜜灌到自己的果实里。唯有这样,人类才会厚待你!"

雄鹿和狐狸

雄鹿对狐狸说:"眼下我们这些可怜的弱小动物有难了!狮子已经跟狼结盟了。"

"跟狼结盟?"狐狸说,"那倒还好。狮吼狼嚎,声音震耳欲聋;你们听到后,往往还能及时逃跑,保全性命。一旦强大的狮子跟悄无声息的山猫结盟,那才是我们所有弱小动物的末日。"

忒瑞西阿斯[1]

忒瑞西阿斯拄着他的拐杖，在田野中行走。脚下的道路指引他穿过一片圣林。在圣林中央，三条道路相互交叉的地方，他发现两条蛇正在交配。于是，忒瑞西阿斯举起自己的拐杖，朝着那两条卿卿我我的蛇打了下去。

---

[1] 忒瑞西阿斯：古希腊神话中的一位盲眼先知。在欧洲文学中，也常作为雌雄同体的人物出现，既可变成男人，也可变成女人。

哪承想,噢,简直就是奇迹!当拐杖打到蛇身上时,忒瑞西阿斯竟变成了一个女人。

九个月后,作为女人的忒瑞西阿斯再次穿过同一片圣林,还是在那三条道路相互交叉的地方,她发现两条蛇正在打架。于是,忒瑞西阿斯又一次举起自己的拐杖,朝着那两条斗得你死我活的蛇打了下去。

噢,简直就是奇迹!拐杖才刚把那两条打架的蛇分开,忒瑞西阿斯又变回了男人。

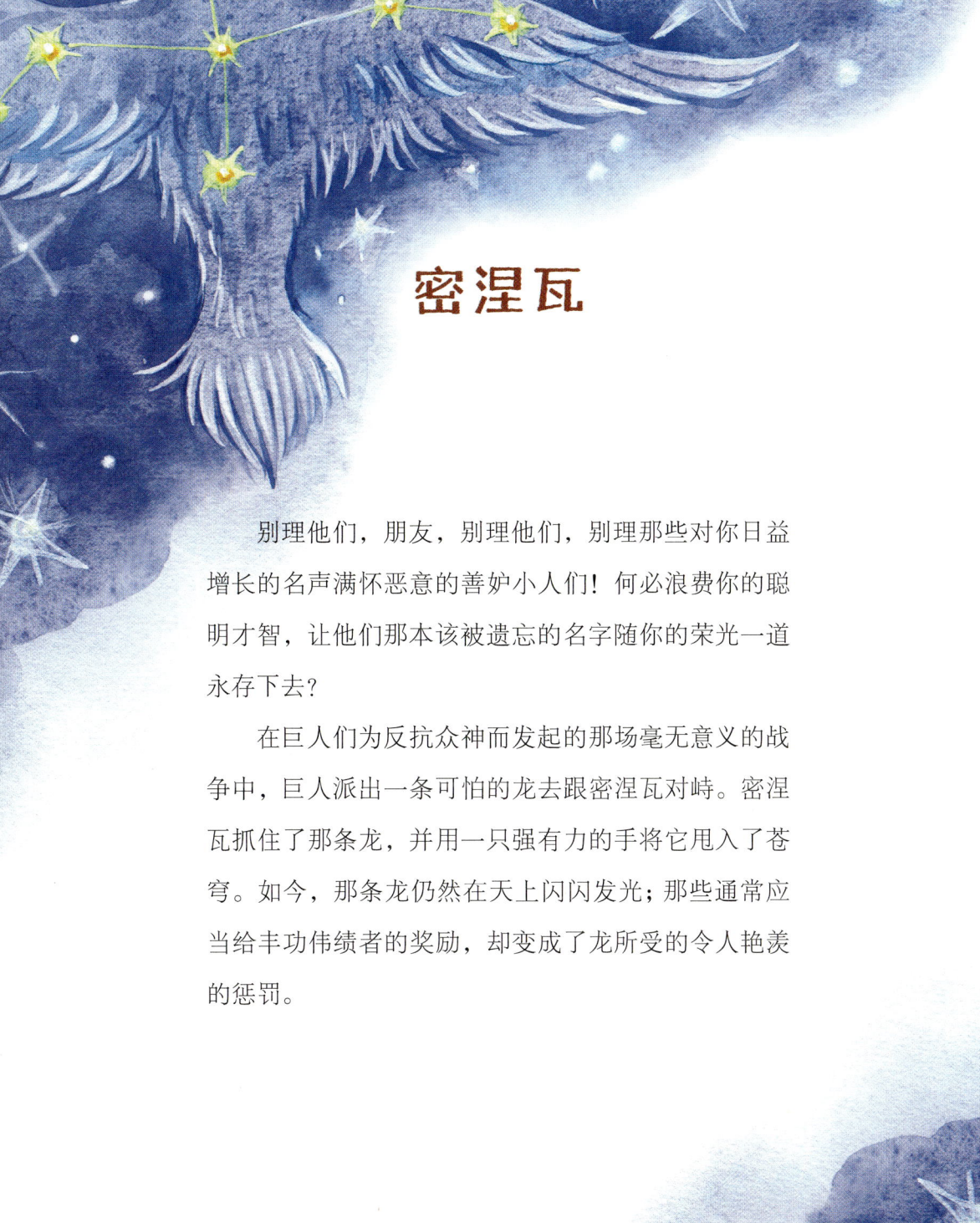

密涅瓦

别理他们，朋友，别理他们，别理那些对你日益增长的名声满怀恶意的善妒小人们！何必浪费你的聪明才智，让他们那本该被遗忘的名字随你的荣光一道永存下去？

在巨人们为反抗众神而发起的那场毫无意义的战争中，巨人派出一条可怕的龙去跟密涅瓦对峙。密涅瓦抓住了那条龙，并用一只强有力的手将它甩入了苍穹。如今，那条龙仍然在天上闪闪发光；那些通常应当给丰功伟绩者的奖励，却变成了龙所受的令人艳羡的惩罚。

弓的主人

有个男人拥有一柄极好的乌木弓,他能够用它射到很远的地方,而且百发百中,因此,他将这柄弓视作一件非比寻常的宝贝。可是有一次,当他仔细打量这柄弓时,却不由得感叹道:"你看起来稍微有些简陋!全身上下唯一的装饰,就是你朴实无华的光洁表面。可真遗憾!不过,幸好这种遗憾是可以补救的!"他突然想出了一个好主意:"我要去请最好的艺术家,在弓上雕出一幅画来。"

男人说去就去。艺术家在弓上雕出了满满的一幅狩猎图。还有什么比这更适合一柄弓呢?

大功告成,男人满心欢喜。"我亲爱的弓,这装饰跟你可真般配!"男人想马上就试用看看。哪承想,他才刚使上一点儿力,弓就断了。

夜莺和云雀

对于那些情愿翱翔在大多数读者理解力之上的诗人们,我们该说些什么?还有什么比得过夜莺曾对云雀讲过的那句话呢:"朋友,你飞得如此之高,是为了不被任何人听见你的歌声吗?"

所罗门[1]的幽灵

烈日当空,有位淳朴的老人在辛辛苦苦地劳作,他忍受着酷热的天气,耕作田地,亲手将纯净的种子撒入松软的土壤里。

在一棵菩提树宽阔的树荫下,有个幽灵突然显形,站在了老人面前!老人不由得怔住了。

"我是所罗门,"幽灵用亲切的语气说道,"你在这里做什么呢,老先生?"

---

1 所罗门:古代以色列王国的第三任国王。

"如果你真是所罗门,"老人回应道,"你怎么可能还要问我呢?在我年轻时你派我去向蚂蚁学习;我见识到了蚂蚁的劳作方式,从它们那里学会了勤奋和勤俭。当时学到的一切,我至今仍在坚持。"

"可惜你的课只上了一半,"所罗门的幽灵说,"再去找一次蚂蚁,要从它们那里学会顺天应时,冬天里要懂得休养生息,享受你辛苦劳作积攒的成果。"

狐 狸

一只被追赶的狐狸逃上高墙避难。为了能够安全地爬下去,它抓住了一丛顺着墙角边生长的荆棘。最后,狐狸虽然幸运地爬了下来,但被荆棘刺伤,痛不欲生。

"可悲的协助者们!"狐狸叫道,"不给予伤害就无法加以协助!"

仙女们的礼物

两位慈悲的仙女来到一个年幼王子的摇篮前,未来他将成为他所在的国家最伟大的统治者之一。

"我将这份礼物送给我亲爱的小王子——"第一位仙女说道,"如老鹰般敏锐的视力,在王国辽阔的疆域里,他连最小的蚊虫都看得清清楚楚。"

"这份礼物确实很美好,"第二位仙女打断了她,"小王子将会成为一名有见识的君主。但是,老鹰可不只拥有能够看清最小的蚊虫的敏锐视力;它还同时拥有高傲的蔑视,根本不屑于去看那些蚊虫。这也正是小王子要从我这里拿走的礼物!"

"好姐妹,多么明智的约束,我要为此感谢你,"第一位仙女说道,"诚然,国王们如果不事必躬亲,不将自身通透的智慧和见识浪费在微不足道的事情上,他们就会成为更伟大的国王。"

绵羊和燕子

一只燕子飞到了一只绵羊身上,打算拔一点儿羊毛来筑巢。绵羊不情愿地来回跳动。燕子见状,说道:"你怎么能对我如此吝啬,允许牧羊人除去你所有的羊毛,却不愿给我留哪怕一小撮。何至于此?"

"那自然是有原因的,"绵羊答道,"你根本就不懂如何像牧羊人那样好好地从我身上取羊毛。"

乌 鸦

乌鸦注意到，老鹰为孵化自己的蛋，用了整整三十天。"这无疑就是老鹰幼崽视力如此之好、身体如此强壮的原因，"乌鸦嘀咕道，"很好！我要如法炮制。"

自那时起，乌鸦也实打实地将自己的蛋孵上整整三十天；可是迄今为止，它还是一如既往地孵化出弱小的乌鸦幼崽。

动物们的地位高低之争

其一

动物们为各自地位的高低问题发生了激烈的争执。为了解决这个问题,马说:"让我们去向人类请教吧,人类不参与我们的争执,自然可以更公正地加以评判。"

"可是,在这项议题上,人类有足够的洞察力吗?一只鼹鼠发言了,"只有细致入微的洞察力,才能对我们往往藏匿得很深的美德加以辨识。"

"这真是个非常明智的提醒!"仓鼠说。

"确实如此!"刺猬也嚷嚷了起来,"我从来都不相信人类拥有足够敏锐的洞察力。"

"通通给我闭嘴！"马命令道，"我们心里都很清楚，对自己的本事最没有自信的家伙，往往最容易去怀疑仲裁者的洞察力。"

其二

于是人类就成了仲裁者。

"在你正式做出评判之前，我要再多问一句！"威严的狮子冲着他吼道，"人类，你根据什么标准来界定我们的价值？"

"根据什么标准？毫无疑问，这是根据你们对我的有用程度来界定的。"人类回答道。

"好极了！"受了冒犯的狮子回应道，"既然如此，我的地位恐怕比驴子还要低得多！你不能成为我们的仲裁者，人类！请离开我们的会场！"

其三

　　人类离开了。"现在你可明白了吧，马儿？"鼹鼠不无嘲讽地说道（仓鼠和刺猬依旧附和它的观点），"狮子也认为人类不能成为我们的仲裁者。狮子的想法跟我们一样。"

　　"但给出的理由却比你们要好得多！"狮子一边说，一边投去轻蔑的一瞥。

其四

　　狮子继续说道："关于地位高低的争论，我仔细想了想，其实根本就是毫无价值的争论！无论大家将我视作最崇高的动物也好，最卑微的动物也罢，对我而言都是一样的。我知道自己是怎样的，这就够了！"说罢，狮子走出了会场。

随他而去的有睿智的大象、勇敢的老虎、威严的熊、聪明的狐狸、高贵的马……总之，所有意识到或者自认为有价值的动物们都紧跟着离开了。

最后离开的也是对集会突然中断抱怨最多的——猴子跟驴子。

熊和大象

"无理的人类!"熊对大象说,"他们对我们这些更高等的动物从来都是予取予求!我可是威严的熊啊,我竟然必须随着音乐的节拍跳舞!他们自己明明也很清楚,这种滑稽的行为根本就不符合我高贵的身份,否则我跳舞时他们为什么会发笑?"

"我也要随着音乐的节拍跳舞,"睿智的大象回应道,"我相信,我跟你一样威严、一样高贵。不过,观众们从来都没有笑过我;从他们脸上,我只能读出满怀喜悦的钦佩之情。所以,熊啊,请相信我,人类笑的并不是你跳舞这件事,他们是在笑你的舞跳得太蠢了。"

鸵 鸟

跑得跟箭一样快的麋鹿[1]看到了鸵鸟,评价道:"鸵鸟的奔跑能力并不怎么突出,不过,它的飞行能力肯定很强,这是毫无疑问的。"

还有一次,老鹰看到了鸵鸟,评价道:"鸵鸟恐怕是不能飞的,但我想它肯定很擅长跑步。"

---

1 麋鹿体形大,奔跑速度很快,故有此说。

奉 献

其一

蜜蜂问一个人:"你觉得,在动物们中,有比我们更了不起的奉献者吗?"

"有!"这人回答说。

"是谁?"

"绵羊!因为它的羊毛对我而言是必需的,而你的蜂蜜对我而言仅仅带来了愉悦的享受而已。"

其二

"蜜蜂啊,为什么我会认为绵羊是比你更了不起的奉献者——你想知道另一个原因吗?因为绵羊给我它的羊毛,整个过程没有给我带来丝毫困难;而我在接受你给我的蜂蜜时,还必须提防你的刺。"

橡 树

暴风骤雨之夜,呼号的北风在一棵高大的橡树上施展了自己的力量。于是橡树倒下了,许多低矮的灌木被它压在身下,四周一片狼藉。离这棵橡树不远的洞窟住着一只狐狸。第二天早晨,狐狸一出洞就看到了倒下的橡树。

"好大一棵树!"它惊呼道,"我从来没有想过,这棵树竟然有这么大!"

老狼的故事

其一

有条恶狼上了年纪,于是它下定决心要跟牧羊人和睦相处。狼出发去离它的洞窟最近的一位牧羊人那里。

"牧羊人哪,"狼说,"你宣称我是个嗜血的强盗,但我真不是。的确,当我饥肠辘辘时,我不得不盯上你的羊,可那完全是因为饥饿之苦太难忍受。只要你能保证我不挨饿,只要能够让我每天吃饱,我就会让你相当满意。因为我吃饱喝足时,完全就是一只最温驯、最温柔的动物。"

"当你吃饱喝足时吗?"牧羊人回应道,"这倒是很有可能的。可你什么时候才能吃饱呢?你与贪婪同行,永远不会知足。快走吧!"

其二

被拒绝的狼来到第二位牧羊人身边。

它的开场白如下:"你心里明白,牧羊人,我若是要纠缠你,一年时间,大可以吞掉你这里很多只羊。可是,你若是每年给我六只羊,我就心满意足,你也可以每天安心睡觉,还可以毫不犹豫地将没用的牧羊犬通通赶走。"

"六只羊？"牧羊人说，"这已经是一大群羊了！"

"好吧，看在你的分上，五只我也够了。"狼说。

"你在开玩笑吧，五只羊！一整年，我献给牧神作为祭品的羊也不会超过五只。"

"四只还不行吗？"狼继续讨价还价。牧羊人没说什么，只是摇了摇头，眼神里充满了蔑视。

"三只？——两只？"

"一只也没有，"牧羊人最后的答复很明确，"既然我已经有足够的警戒心，足以保护自己和羊群，何必再去向一名敌人上贡呢？这也太愚蠢了。"

其三

"好事成三[1]。"狼暗自思忖着,来到第三位牧羊人身边。

它说:"我心里可真难受,在你们这些牧羊人中间,我总是被称为最冷血、最不择手段的动物。你啊,你这山野之人,我现在要向你证明,你们看待我的方式是多么荒唐。每年给我一只羊,你的羊群将被允许在那片森林里自由地、不受伤害地吃草。因为除了我之外,这里再没有其他动物有本事让你的羊群处境变得

---

1 德语谚语。德国人认为"三"代表幸运。

危险了。区区一只羊而已！多么微不足道啊！我还能更慷慨吗？还能更无私吗？——牧羊人，你在笑？你有什么好笑的？"

"噢，没笑什么！"牧羊人说，"你多大了，我的好伙计？"

"我的年龄跟你有什么关系呢？就算我老了，也足以吞掉你最爱的羔羊。"

"别生气，老狼。很抱歉，你的提议晚了几年。缺了口的牙齿出卖了你。你假装自己大公无私，不过是为了更轻松、更安全地养活自己罢了。"

其四

狼很生气,但依旧控制着自己的情绪,去找第四位牧羊人了。他忠诚的牧羊犬刚刚死去,狼打算利用这一现状。

"牧羊人哪,"狼说,"我跟森林里的兄弟们闹翻了,闹得很僵,永远不会跟它们和解。你曾经对它们怀有多大的恐惧,你自己心里清楚得很!不过,只要你愿意让我来为你提供帮助,替代你死去的牧羊犬,我保证它们从此不敢再觊觎你的任何一只羊。"

"也就是说,"牧羊人回应道,"你会保护羊群,协助我对抗你森林里的兄弟们?"

"我还能有什么别的意思呢?显然如此啊。"

"听起来倒是不赖!可是,假如我将你引入我的羊群里,请告诉我,谁又能保护我可怜的羊群免受你的伤害呢?将一个小偷领进屋子里,以此来防范屋外的小偷们可能造成的侵害,我们人类管这种做法叫——"

"我听明白了你的意思,"狼说,"你开始讲大道理了。再见吧!"

其五

"要是我没这么老就好了!"狼咬牙切齿地嘀咕道,"不幸的是,我也不得不服老。"就这样,他来到了第五位牧羊人身边。

"你认识我吗,牧羊人?"狼问他。

牧羊人回应道:"多少还是见识过你们这些家伙的。"

"我们这些家伙?我很怀疑你的这种说法是否属实。我可是一条特立独行的狼,值得你跟我交朋友,值得所有牧羊人跟我交朋友。"

"既然如此,你又有多特立独行呢?"

"我没办法应付活羊,杀也杀不了,吃也吃不了,简直要了我的命,可我就是做不到。我只能以死羊为食。这难道还不值得称道吗?所以,请允许我时不时地到你这边来一趟,问问你是否有——"

"何必多费口舌!"牧羊人说,"如果你不想与我为敌,你就别吃任何羊,包括死羊。一旦在我这里吃了死羊,你恐怕很容易就会因为饥饿而将病羊视作死羊,然后又将健康的羊视作病羊。明白了吧,别打跟我交朋友的主意,快走!"

其六

"我现在必须用上自己最厉害的计策,不达目的决不罢休!"狼下定决心,来到第六位牧羊人身边。

"牧羊人,喜欢我这一身皮毛吗?"狼问。

"你的皮毛吗?"牧羊人说。"让我看看!很美!你肯定不常被那些牧羊犬逮住撕咬。"

"很好,那你听着,牧羊人,我已经老了,也活不了太久。死前你管我吃喝,死后我就把皮毛留给你。"

"唉,瞧你说的!"牧羊人说,"你也知道那些老守财奴们惯用的伎俩了吗?不了,不了。你这身皮毛最终会让我付出比它本身价值还要高七八倍的代价。如果你真想给我这份礼物,那现在就给我吧。"话音未落,牧羊人已经伸手去拿棍子了。狼逃之夭夭。

其七

"噢,这帮冷血无情的家伙们!"狼愤怒到了极点,不由得怒吼道,"既然如此,我就算死,也要作为他们的敌人而死。在我被饿死之前,我得赶紧动手,因为他们根本就不打算跟我和睦相处。"

狼一路飞奔,闯入牧羊人的住所,从床上扯下他们的孩子。牧羊人群起而攻之,不费吹灰之力就打死了狼。

狼死后,牧羊人当中最聪明的那个说:"我们终究还是有失偏颇,将老强盗逼上了绝路,剥夺了它所有向善的可能性,不管它的悔悟来得多么晚、多么迫不得已,以后我们要多加注意!"

老 鼠

一只哲学家老鼠称颂美好的大自然,它认为,正是大自然让优秀的老鼠永续存在。它说:"我们种群中的一半,早就被大自然赋予了翅膀。因此,哪怕地上的这一半因为猫而灭绝了,大自然也能轻而易举地借着蝙蝠再繁衍出我们这被灭绝的一半。"

憨厚的老鼠不知道,世上还有带翅膀的猫[1]。我们的骄傲主要还是建立在我们的无知之上的!

---

[1] 指猫头鹰。同时一部分猫头鹰,比如说鹰鸮,喜欢以蝙蝠为食。

燕 子

相信我吧,朋友们,眼前这辽阔世界,它既不是为智者准备的,也不是为诗人准备的!在这个世界上,智者和诗人无从知晓自己的真正价值。唉!他们往往脆弱到要用自己的真价值来换取微不足道的假玩意儿的地步。

在那遥远的年代,燕子跟夜莺一样,是一种音调丰富、歌声富于旋律性的鸟儿。但它很快就厌倦了居住在矮树丛间的寂寥生活,因为除了勤劳的农夫和天真的牧羊女之外,再没有什么人能够听到它的歌声、欣赏它的歌声。于是,它离开了自己那位更耐得住寂寞的朋友[1],搬到了城市里。——后来发生了什么?因为城市里的人们没时间聆听燕子那天籁般的歌声,它逐渐忘记了唱歌,转而学会了筑巢。

---

1 指夜莺。

老 鹰

有人问老鹰:"你为什么要在如此高的天空教育自己的孩子呢?"

老鹰回答道:"如果我在贴近地面的地方培养它们,它们长大之后还会有勇气靠近太阳吗?"

幼鹿和老鹿

有一只鹿得到了大自然的恩许,活了几个世纪之久。它曾经对自己的一个孙子说:"我还记得多年以前,人类还没发明响声如雷鸣般的火枪。"

"对于我们的种群而言,那一定是个无比幸福的时代!"孙子感慨道。

"你的结论下得太快了!"老鹿说,"那个时代确实不同,但未必比现在更好。人类虽然没有火枪,但有箭和弓;我们种群那时的生存状况就跟现在一样糟糕。"

孔雀和公鸡

有一次,孔雀对母鸡说:"瞧瞧,你家的公鸡多么倨傲无礼!可是人类却从来不说'骄傲的公鸡',他们总是说'骄傲的孔雀'。"

"之所以会出现这种情况,"母鸡说,"是因为人类从来不会在意有根有据的骄傲。公鸡的骄傲就是如此——它为自己时刻保持着的警惕性、为自己的英武气概而骄傲。你的骄傲又是因为什么呢?——五彩斑斓的羽毛吗?"

鹿

大自然孕育了一只高大得非比寻常的鹿，长长的鬃毛从它脖子上垂下来。于是，这只鹿暗自思忖：我完全可以让大家把我认成一头麋鹿嘛[1]。

为了冒充麋鹿，这个自命不凡的爱慕虚荣者做了些什么呢？它经常假装难受，将脑袋低垂到地上，并且还摆出一副脾气很坏的模样。

荒唐的纨绔子弟抱有类似想法的情况也并不罕见，他们一旦不抱怨头痛，不承认自己有疑心病，就不会被认为是独当一面的人物。

---

[1] 欧洲麋鹿体形大，且脖子上有长毛，通常被认为道德高尚，是具有"骑士精神"的象征。

老鹰和狐狸

狐狸对老鹰说:"你不要因为会飞就感到骄傲!你哪怕在空中飞翔得再高,也不过是为了在更远的地方找到腐尸来吃罢了。"

我所认识的一些人也是如此,他们努力成为思想深刻、闻名遐迩的智者,并非出于对真理的热爱,而是出于对大学教职的渴望。

牧羊人和夜莺

缪斯女神的宠儿[1]啊,你还在为帕纳塞斯山[2]上那群聒噪的、讨厌的家伙们感到愤怒吗?——噢,请听我讲讲夜莺当年不得不去聆听的一段话吧!

"快唱啊,亲爱的夜莺!"春风沉醉的夜晚,有位牧羊人向沉默的歌者呼唤道。

"唉!"夜莺说,"青蛙们实在太吵闹,我失去了唱歌的欲望。你难道听不见它们的聒噪吗?"

"我当然听见了,"牧羊人答道,"可是,唯有你的沉默,才会让我听见它们的聒噪。"

---

[1] 指诗人,同时也暗喻夜莺,因为夜莺在西方被视为诗人的象征。
[2] 帕纳塞斯山:古希腊神话中缪斯的家乡,阿波罗和包括缪斯在内的九位文艺女神的聚居地。亦泛指诗坛。文中提到的"聒噪"既指山上经常举办聚会,也指当时欧洲诗坛的状况。

巨 人[1]

从前有个叛逆的巨人，他将一支毒箭射向头顶的天空，叫嚣说这支箭至少将要拿下一位神明的性命。这支箭射到了无边无垠的远方，远到连巨人那无比锐利的眼睛也无法追踪其去向。于是，狂热的巨人自认为已经射中目标，开始高唱亵渎神明的胜利之歌。哪承想，到了最后，死神那迅疾的镰刀出了点力，在高空中改变了箭的方向；那支毒箭以越来越大的力量沿着原路坠落，杀死了犯下亵渎罪行的巨人。

荒唐的嘲弄者们，你们发出的毒箭，在离永恒宝座还很远的地方就会折返，过不了多久，你们犯下的亵渎罪行必将遭到报复。

---

[1] 本篇与《猎鹰》《达蒙和西奥多》皆为莱辛 1753 年发表的散文寓言，未收入 1759 年出版的《寓言三书》中。

猎 鹰

一个人的幸运就是另一个人的不幸。大家说这是一个古老的真理。"是啊,"我回应道,"这个真理确实很重要,值得写一则新的寓言加以诠释。"

一只嗜血的猎鹰扑向一对无辜的鸽子情侣。猎鹰下手很快,它凌厉的视线才刚刚捕捉到这对鸽子,利爪便已近在眼前,吓得鸽子们停止了最亲昵的动作。无论怎样的求救行为似乎都为时已晚,这对温柔的恋人已经放弃一切希望,开始咕咕叫着互相告别了。哪承想,猎鹰突然瞥见地面上有一只野兔。它马上抛弃了眼前的鸽子,俯冲下去,逮住了这只野兔。对猎鹰而言,这是更好的猎物。

饥饿的狐狸[1]

"我出生的时辰不好,自带晦气!"一只年轻的狐狸向一只老狐狸抱怨道,"我袭击猎物时几乎从来都不会成功。"

"你的袭击啊,"老狐狸说,"无疑是会成功的。不妨讲给我听听,你通常在什么时候发动袭击?"

"什么时候发动袭击?只有肚子饿的时候,我才会发动袭击。"

"当你肚子饿的时候?"老狐狸继续讲了下去,"这就对了,我们找到了症结所在!饥肠辘辘跟深思熟虑,这两个家伙永远走不到一块去。从今往后,吃饱喝足了再去发动袭击,效果会好得多。"

---

[1] 该篇一度被认为是伊索的寓言,经后世研究确定为莱辛所作。

博物学家[1]

有这样一个男人,他对自然界一切生物的名字了如指掌,不仅知道每一种植物叫什么,连与这种植物相关的每种昆虫叫什么都一清二楚,而且还不止以一种方式来称呼它们。他整天捡石头,追着蝴蝶跑,以一种学者的态度冷漠地将猎物钉起来,做成标本。

---

[1] 本篇属莱辛遗作,实际上是紧接在《所罗门的幽灵》之后的。

就是这样一个男人，这位博物学家（他们这类人喜欢被称作博物学家）有一次在森林里探索，停在了一窝蚂蚁旁边。他在蚁巢里翻来翻去，调查蚂蚁平时收集的各种东西，检查它们的卵，其中一些卵被他放到了放大镜下细看。总之，博物学家在这个勤劳而又谨慎的小国家里造成了不小的破坏。

这时，有只蚂蚁鼓起勇气过来跟他攀谈。它说："你不就是所罗门派到我们这里来的懒人之一吗？来好好见识一下我们的生活方式，并且向我们学习勤奋劳作。"

愚蠢的蚂蚁，将一位博物学家认成了懒人。

达蒙和西奥多

　　漆黑的天空笼罩着世界，晴好的夏日即将迎来最可怕的终结。达蒙和西奥多此时仍在一处清爽的凉亭下休憩。假如需要让世人来见证这两位挚友之间的友谊，那么，这份友谊想必会成为人间罕见的典范。明明只是一介凡人，却在另一个凡人的热情拥抱中，找到了上天只允许圣人和贤者找到的东西。此时此刻，他们的灵魂在时而玩笑、时而严肃认真的对话中交融，合为一体，不可分割。空中，雷声隆隆，虚伪的奴才们心惊胆战、屈膝跪地。可是，神明只惩戒恶人，好人又何须恐惧？达蒙和西奥多处之泰然、淡定自若。

哪承想，达蒙的心中忽然掠过一个可怕的念头：假如天雷劈下，将挚友从我身边夺走，那该如何是好？——这念头使他心中充满恐惧，抹去了他目光中的淡定。难以捉摸的命运之神啊！——他转眼就见识到了，邪念成真：西奥多倒在了他的脚下，闪电凯旋。"雷神的惩戒，"达蒙喊道，"假如你的目标是我，那你打得太准了。"他拔剑自刎，倒在了挚友身上。

温柔的灵魂，你愿意为这故事流下一滴神圣的眼泪吗？

狼和羊[1]

一只羊因为口渴来到了河边。出于同样的原因，一条狼也来到了河对岸。由于河水的分隔，羊的安全得到了保障，羊又因为安全得到保障而对狼起了嘲弄之心。于是，羊朝对岸那个强盗喊道："我没有碍着你，没让你喝的水变浑浊吧，狼先生？仔细瞧瞧我的模样，六个星期之前，我不是骂过你吗？即便不是我，那至少也是我父亲骂的。"

---

[1] 本篇为莱辛遗作。

狼听明白了羊的嘲弄。它看了看河水的宽度，气得咬牙切齿，不过最后狼却回应道："这是你的幸运，因为我们狼早已习惯了对你们这些羊抱有足够的耐心。"

说罢，狼就迈着骄傲的步伐离开了。

麻雀和田鼠

有只麻雀对田鼠说:"瞧瞧,老鹰在那边呢!快瞧啊,趁着你还能看到!它已经在摆动身体了;准备开始一次勇敢的翱翔,与太阳和闪电为伍。

它的目标是约维斯[1]的宝座。

不过我敢打赌——尽管我长得完全不像老鹰——

可我飞起来时,却跟它一模一样。"

"飞啊,吹牛大王!"田鼠喊道。

---

[1] 约维斯:古罗马神话中的天神朱庇特(德语一般译作约维斯),对应古希腊神话中的宙斯。鹰和闪电是天神力量的象征。

话音未落，老鹰已经腾空了，它英武有力地振动翅膀，开始了自己的又一次飞行。

这只麻雀也大胆地跟着老鹰一起飞向了天空。

然而，麻雀不可能跟上老鹰，它们完全不能相提并论。

不过，至少在经过树梢时，它们的飞行能力看上去还是差不多的。

它们同时飞出了愚蠢的田鼠的视野。

于是，田鼠觉得它们两个的飞行技术一样高超。

- ★ -

一位死板倔强的 F，试图如弥尔顿那般大胆高歌[1]。

在他亲自挑选评判者后，他的成功也是理所当然的。

---

[1] 此为原书注释。大写的字母 F 暗指德国诗人弗特烈·戈德里布·克洛普斯托克（1724—1803），狂飙运动先驱者之一。克洛普斯托克效仿弥尔顿的《失乐园》创作长诗《救世主》，当时有很多人吹捧，但莱辛不以为然。

老鹰和猫头鹰

朱庇特的老鹰和帕拉斯[1]的猫头鹰吵了起来。

"可恶的夜游神!"老鹰嘀咕道。

"谦虚点,我请求你小心留意。

天空同时庇佑我和你;

你又有什么资格认为你比我更重要呢?"

老鹰回应道:"的确,我们两个都受天空庇佑;

但也是有区别的,

我是凭自己的本事飞来的,

你却要靠女神把你带过来[2]。"

---

[1] 帕拉斯:古希腊神话中智慧和战争女神雅典娜的本名。
[2] 在古希腊神话中,猫头鹰总是停在雅典娜的肩膀上,故有此说。

跳舞的熊

一头跳舞的熊挣脱锁链,
回到了森林里。
它习惯性地用后脚站立,
在熊群中跳了一段自己擅长的舞蹈。

"瞧啊,"它喊道,"这就是艺术,这就是我在人类世界学来的。

跟我一起跳吧,如果你们愿意的话,

如果你们也做得到的话!"

"滚开，"一头老熊咆哮道，
"像这样的艺术，不管怎样高深、罕见，
都显示了你卑贱的心灵和难掩的奴性。"

・★・

有个位高权重的朝臣，
靠的完全不是睿智和美德，
而是通过各种阴谋
骗取王侯的宠爱。
他巧舌如簧，满嘴奉承与恭维。
这样一个男人，一个位高权重的朝臣，
究竟是该赞颂呢，还是该谴责？

雄鹿和狐狸

"雄鹿啊,说真的,我不理解。"
我听到狐狸对雄鹿说,
"你为何如此软弱,如此缺乏勇气?
就连体形最小的灰猎犬也能堂而皇之地猎捕你。
瞧瞧你自己,明明长得这么魁梧!
你竟会没有力气?
世上最大的猎犬,多么强壮啊,
你用鹿角轻轻一挑,就能让它的灵魂与肉体分离。
我们狐狸的软弱,好歹还是可以谅解的。
因为我们确实生而羸弱,无力反抗。
可是,雄鹿决不该轻易让步,
事实昭然若揭。请听我推论如下:
谁要是比自己的敌人更强大,

在敌人面前退缩就全无必要；
朋友，你远远强于那些猎犬，
因此你绝对不能逃之夭夭。"

"真的，我从来没有仔细地考虑过这个问题。
从现在开始，"雄鹿说，"我将无所畏惧，
一旦猎犬和猎人将我作为目标发起攻击；
我一定要顶住压力，坚守到底。"

不幸的是：狄安娜[1]手下的猎人
与他们的猎犬刚好就在附近。
猎犬高声吠叫，转眼之间，
森林四处发出回响，
软弱的狐狸和强壮的雄鹿闻风丧胆，逃之夭夭。

⸺ ★ ⸺

出于天性的行动往往比夸夸其谈来得真实。

---

1 狄安娜：古罗马神话中的月神、狩猎女神。

太 阳

这颗星球啊,因为有它,我们才有白天——
"唉!诗人,学吧,学习我们的言语!
何必费心讲故事,用愚蠢的寓言折磨我们,
难道我们还要被迫绞尽脑汁吗?"

那敢情好!太阳旋即遭到了反问:
"既然如此,像这样的一项事实,
是否令它略感愠(yùn)怒呢?
它那不可估量的宏伟身姿,
在这被表象欺骗的世界里,
直径还不如人类的区区一拃(zhǎ)¹长。"

---

1 一拃:指张开大拇指和中指,两个指尖之间的距离。

"我啊,"太阳说,"我难道就该为此伤心落泪吗?
谁代表世界?这么想的都有谁?
不过是一群瞎了眼的蛆虫罢了!
只需寥寥数位明理之人,
在追求真理的晦暗小路上,
能够将本质与表象区分开来,
能够更理解我一点儿,这就够了!"

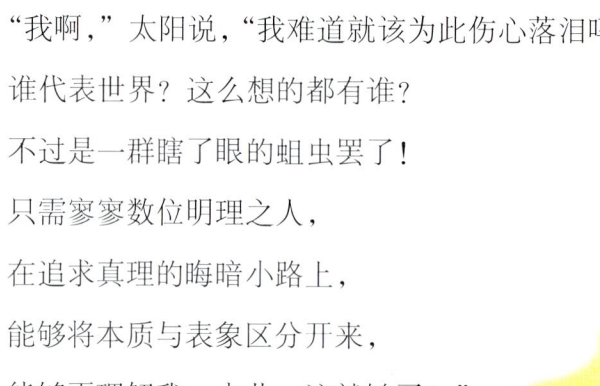

———★———

诗人哪,你们炽烈的决心和精神
迟钝的庸众视若无睹,
学习吧,如果读者的冷漠冒犯了你们,
学习自我满足,像太阳那样自信自傲!

秘 密

汉斯动身去找神父,
想忏悔自己的罪孽。
他还年轻,没什么名气,
是个心地愚笨的青年。

神父耐心地听着,不过汉斯并没有坦白很多。
汉斯有什么好坦白的呢?
他对罪孽一无所知,对玩乐倒是了解不少。
但玩乐本身无伤大雅,他不需要为此忏悔。
"嗯,就这些吗?"神父问他,
"你还有别的要忏悔吗?"
"尊敬的先生,没别的了。"

"真的没什么别的事情了吗?"

"真的没有了,以我的名誉担保!"

"除此之外,就都没有了?这可太糟糕了!
这么少的罪孽?汉斯啊,好好想想吧。"

"唉,先生,您这尖锐的问话……
我恐怕确实还有些没讲的。"

"喏,既然如此,就讲出来吧!"

"好吧,那个,神父先生,
天地良心,我讲不出口。"

"这样吗?是不是你已经知道怎样应付年轻的女人了?
知道什么时候该做什么,什么时候不该做什么,
如此一来,她们才不会生你的气?"

"先生,我不明白您在说些什么。"

"不明白反而更好,不错。
你对盗窃、血腥的暴行也一无所知?
你父亲不是会出门寻找快乐吗?"

"噢,这我母亲倒是说过;
可这一切都算不得什么。"

"算不得什么?喏,你到底还隐瞒了什么?
忏悔吧!你一定要讲出来!
我可以保证,你所坦白的秘密,

将永远留在我这里，永远不会泄露。"

"您这些承诺啊，先生，换了另一个人可能真的会相信，
但我可不是傻瓜！
尊敬的先生，只要你对一个小男孩布道，
如此一来，我人生的幸福就彻底断送了。"

"不思悔改的恶棍，"神父训斥道，
"你知道自己站在谁的面前吗？
知道我可以强迫你讲吗？

现在离开吧!你的良心会让你备受煎熬!

未来不会有任何一位圣人承认你的存在!

圣母马利亚不会承认你,她的儿子也不会原谅你!"

听到这些狠话,可怜的农家青年,

心脏差点儿因为恐惧而炸裂。

于是他哭了起来,懊悔万分地说道:"我坦白。"

"我早就知道,有些事情你没有坦白;是什么呢?"

"是根本不该讲的事情……"

"你还在犹豫?"

"我坦白……"

"坦白什么?"

"有个鸟巢。不要问它具体在哪里;我怕有人来找。

去年马茨小子从我这儿拿走了整整十个。"

"离开吧,年轻人,区区一个鸟巢,费了这么多工夫。

你想向我坦白的就是这个,亏我问了你这么久。"

我知道一群好笑的人[1]，全世界都知道他们，

多少年来好奇心折磨着这群人，

但他们却始终什么也学不到。

停下来吧，轻信的人们，

别再对微不足道的事纠缠不休！

停下来吧，别再去冥思苦想，认真钻研了！

没有任何秘密的人，守口如瓶当然轻松。

喋喋不休者是不知道该去说些什么。

假如他们确实知道些什么，

那么我所讲的这个故事可以教会他们：

秘密往往不会给我们揭示任何秘密，

到了最后往往只会等来一句：费了这么多工夫，

你想向我坦白的就是这个，亏我问了你这么久。

---

[1] 原书注：共济会。莱辛于1771年在汉堡加入共济会，此处暗指他对共济会的看法，详见莱辛名作《恩斯特与法尔克》。

熊

凭借吼叫、近乎笨拙的认真和引以为傲的虔诚,
熊已经身居要职好长一段时间,
对所有弱小的动物进行道德风纪上的纠查,
以无可比拟的权力,如暴君一般掌控着森林。
森林里的每只动物都很害怕,没有谁拥有足够的胆量,
愿意跟熊抗争,努力承担起这项艰巨的任务;
直到最后,在狐狸身上,卫道士的精神徐徐苏醒,
于是,狐狸也开始纠正起其他动物的行为,
在这里抑或那里,努力弘扬道德观念。
现在,大家看到熊和狐狸在追求相同的目标;
大家同样也注意到,熊和狐狸各自走了不同的路。
熊只打算通过严苛的手段来让森林变得圣洁;
狐狸也对动物们加以惩戒,但是在笑声中进行的。

在熊那里,只有诅咒漫骂,
在狐狸这里,则有说有笑;
在熊那里你至多纠正表象,

在狐狸这里，大家才得以净化心灵；

在熊那里你只会见到黑暗与阴霾，

在狐狸这里，生命与光明清晰可辨；

在熊那里竭尽全力隐藏虚伪，

在狐狸这里，想尽办法靠近美德。

想得更远的你啊，请别那么急着问我：

熊和狐狸是否也成了好朋友？

噢，如果真成了好朋友，那当然好！

对于森林里的美德、聪慧与礼仪而言,该是多么幸运的事情啊！

可惜没有，可怜的狐狸被熊排挤了，

尽管动机是好的，却依然遭到了无情的放逐。

为何？因为狐狸竟去谴责熊，纠正熊。

* ★ *

这次我终于不必再耽误时间,在此纠结故事的深意。

五点的钟声已经敲响;我必须赶往演出现场。

朋友,快把说教放一旁!你不打算跟我一起去看戏吗?

"是什么戏?"

"《伪君子》。[1]"

"这出丢人的丑戏,有请我去看的资格吗?"

---

[1] 指法国喜剧作家、演员、戏剧活动家莫里哀(1622—1673)的名剧,《伪君子》是他的代表作之一。莱辛本人对《伪君子》一剧评价甚高,此处用了反讽的手法。

狮子和蚊子

一支朝气蓬勃的队伍里有位年轻的英雄,
唯有阳光使其活跃振奋,
举起自己专事吸吮的武器,
力争刺成肿块的那份荣耀;
不过啊人类可真是非常幸运,
两只长袜就能阻隔这连番攻击。
年轻的英雄其实是一只蚊子。
现在就来听听这位英雄的光辉事迹吧!

在属于它的十字军东征与骑士远征中,
它脱离了大部队,与大家渐行渐远。
它发现一头狮子躺在那里,
由于追猎太疲惫,狮子此刻正沉沉昏睡。

"瞧啊,同伴们,狮子在那儿睡觉,"
它用嘲弄的声音向同伴们呼喊道,
"现在,我要去惩罚它,
这专制的暴君,它将因我而流血!"

英雄疾驰向前,一跃而起,
跳到百兽之王的尾巴上。
它奋力一刺,快速扫荡后马上撤离,
为自己留下的月桂花冠感到骄傲,
这道花冠将给狮子带来一阵酸楚。
狮子怎么不动呢?
怎么会这样呢,它死了吗?
我愿称之为"愤怒一击"!
蚊子的军刀,实在太有杀伤力;
刀身虽小,难道就不能创造奇迹?

"是我,解放了这座森林,
若非如此,杀戮便会如狂想般肆虐。
瞧啊,连老虎都只能避开的家伙,
现在它死了!我这一刺,值得赞颂!"
同伴们聚拢过来,欢呼雀跃,

为队伍中声音最响亮的胜利者高歌。
"狮子又如何?狮子也被你征服!
怎么做到的?英雄早就预料到了吗?"

"是的,同伴们,必须勇敢出手!
我也没料到能够一举成功,
上吧!我们一起去击倒更多敌人。
首战告捷,精彩大胜,无可匹敌。"
可是在一阵阵讴歌胜利的欢呼声中,
当每只蚊子都在欢庆胜利时,
慵懒的狮子已经苏醒,神清气爽,
便匆忙起身,继续追捕猎物去了。

核桃与猫

"是的,东道主先生,这种水果不太适合我。
若您要我实话实说,挑选某种果实来赞美,
那么坦白说,我只能选择赞美核桃。
那美妙滋味,可以说是回味无穷!我愿为此发誓!
再香甜的苹果也敌不过核桃,远远不及核桃。"

有一只小猫，很受东道主夫人的宠爱，

从来没有被要求去抓过老鼠。

它此刻刚好坐在她怀里，竖起耳朵，

将客人的这番话听了个一清二楚。

"什么？"小猫心想，"区区一枚核桃，味道竟如此出众？

不行！我一定要用自己的嘴巴去验证一下。"

它从主人的怀抱里跳了出来，朝着花园跑去。

喏，猫儿啊，喏，你是多么愚蠢！

为了一枚核桃，竟选择离开美丽的克洛莉丝的怀抱！

如果你是一位年轻的绅士，她此刻该有多么恨你。

倒不如将这好地方让给我；

我可不会像小猫一样，说走就走。

不过我也只是顺带一提。

注意听！我要继续往下讲了，刚才讲到花园里的事了吗？

没有？很好。那么，到了花园里之后，猫可真要馋坏了，

它来到了一棵核桃树下，满心期待和欢喜。

读者诸君若打算为我这则寓言画一幅插画，

请务必将核桃的外壳涂成绿色，

我们的猫儿发现了这绿色的核桃。

后面的一切都取决于此。

它几乎还没有完整咬下第一口呢，

马上就开始哼哼唧唧,好像嘴里嚼了玻璃一样。

"你啊,"猫儿说,"那人类竟然会去赞美你的味道,

竟然口口声声说喜欢吃你。

噢!那人的舌头想必很厉害!

酸成这样的玩意儿,说什么大快朵颐!"

噢,还是保持沉默吧,愚蠢的畜生!

你的诽谤谩骂一点也不公道。

你应该先剥出里面的果仁来瞧瞧,

客人赞颂的明明是它,而不是外面的壳。

莫里丹

莫里丹跟他的妻子和孩子们就坐在那艘船上面,
突然之间,航行遇上了危险。
"哎呀呀,海神啊,劳您大驾,
赶紧下个命令,"莫里丹喊道,
"让眼前这波涛和风暴,通通停下来吧!
只要这次能让我从这湿乎乎的海水坟墓中脱险,
允许我活着回去;我愿向您发誓,
永远、永远不会再踏足这片海域!
海神尼普顿,请听我说,
我愿意送给您六头黑牛作为祭品,
向您表示感激,请您尽情享用!"
"六头黑牛!"蒙达尔喊道,
这是莫里丹的邻居,刚好也在船上。

"六头黑牛?你疯了吗?
你家里的情况,我清楚得很,
命运从来没有给过你如此巨大的一笔财富,
你难道觉得,海神尼普顿这么好骗吗?"

这样的事情一再发生,噢,这些凡人啊,
你们是不是经常觉得
神灵还不如你邻居知道得多!

译后记：残酷的预感

一、什么是寓言

在那些我们懒得翻阅的厚重辞书中，寓言的定义向来都是很明确的：运用假托的故事，通过拟人、比喻、夸张、象征等手法来说明某个道理或教训的文学作品，常带有讽刺和劝诫作用。严格来讲，包括《莱辛寓言》在内，大部分早期的西方寓言故事都必须将训诫明确置于文本当中，且大多数是置于故事结尾部分，比如《伊索寓言》《农夫与蛇》中最经典的那句哀叹："我竟救了一条可怜的毒蛇，就该遭此报应！"然而，早在拉·封丹那个时期，这条略显刻板的文体规则就已让步，成为创作出隽永故事的一个可选项。再等到卡夫卡[1]写寓言的20世纪初，现

---

1 卡夫卡：全名弗兰茨·卡夫卡（1883—1924），奥地利作家，代表作有《审判》《城堡》《变形记》。

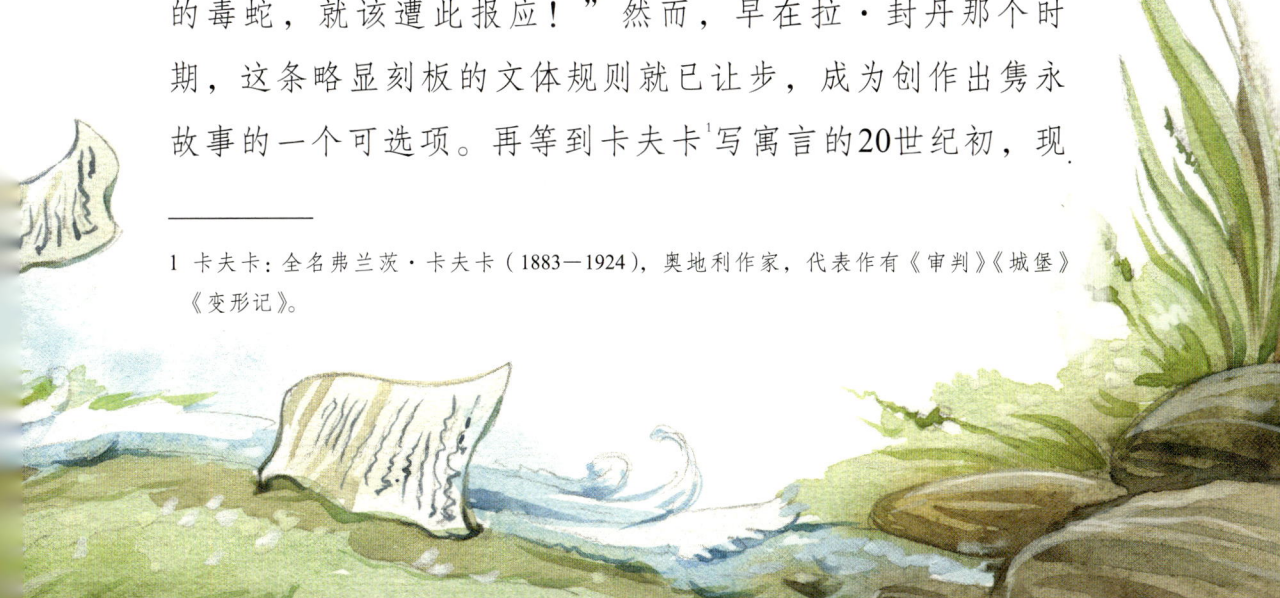

代性犹如洪水猛兽，于是，训诫和情节便都可以省去了。比方说，卡夫卡以亚历山大大帝[1]的战马比塞弗勒斯[2]为拟人化主角的寓言《新来的律师》就是由几段近乎白描式的观察构成的，结尾处则是一段假设式的说理。再往后，《城堡》这样的长篇作品也都可以被笼统地视为所谓的"寓言小说"，训诫话语这套规则也由"默认必选"转变为"默认弃置"。只要读者或者评论家们能够总结出一些道理来，恐怕任何文本都能被视作寓言。名垂青史的伟大作家们都曾创作过寓言，这并不是在开玩笑，因为寓言这一体例事实上也可被视为"元素化"的故事片段。

通常而言，对经典寓言再往下解构，则为箴言或警句。宽泛些看，几则寓言又可以凑成一篇童话故事。如本书中《动物们的地位高低之争》就是由四则连续的动物寓言组合而成的，其中每则寓言都

---

[1] 亚历山大大帝：指马其顿王国国王（前356—前323），杰出的军事家和政治家。
[2] 比塞弗勒斯：亚历山大12岁时菲利普国王重金购得的一匹黑色烈马，后被亚历山大驯服，成为其战马。

是故事片段加训诫结尾的模式，但整体却可以视为一篇童话故事。因此，即使恪守相对严格的甄别标准，黑塞的童话集，甚至茨威格的《人类群星闪耀时》都可以作为寓言故事集，无碍通读。

二、世界四大寓言溯源

话说回来，具体到我们面前的这本书上，它基本上还是经典寓言的体例，但同时也有些追求"文体革新"的意味。因为西方寓言的创作并非孤立，而是从古至今一脉相承下来的。"世界四大寓言"——《伊索寓言》《拉·封丹寓言》《莱辛寓言》《克雷洛夫寓言》可谓家喻户晓，之所以自伊索起，以克雷洛夫终，其实是按创作年代先后来排序的。

《伊索寓言》相传为古希腊奴隶伊索所创作，语言为古希腊语，创作时间约为公元前6世纪。我国最早的寓言故事恰好也诞生于这一时期前后，如大家所熟悉的寓言《刻舟求剑》，即出自《吕氏春秋·察今》；耳熟能详的动物寓言《守株待兔》则出自《韩非子·五蠹(dù)》。《伊索寓言》基本也以动物故事为主。

《拉·封丹寓言》是以古希腊伊索和古罗马费德鲁斯的创作以及古印度故事集《五卷书》为基础加以改编的，语言为法语，创作于1668至1694年之间。因拉·封丹本身是诗人，其改编创作的诗体寓言至少从文体上而言，就将寓言的发展推向了崭新的高度。

《克雷洛夫寓言》的创作年代在《莱辛寓言》之后，1809年首版。它有不少俄国民间故事的成分，风格上更倾向于俄国现实主义讽刺文学，与前三者之间的联系相对薄弱，此处不再赘述。

莱辛的寓言创作，毫不意外地追随了此领域的先辈。事实上，莱辛幼年时既已读过《伊索寓言》，在寓言创作的萌芽阶段又以拉·封丹为榜样。1746至1748年，刚成年的莱辛在莱比锡大学神学专业就读时，写的第一批寓言就是诗体寓言，这些寓言多数发表在柏林的杂志《为情绪上的享受喝彩》上。他的第二个寓言创作期则是在1748至1758年寓居柏林的时期，这一时期他创作的寓言追随

《伊索寓言》的经典体例，不再使用诗体，但拉·封丹的影响仍在。1759年出版的三卷本《寓言三书》，首篇《显形》中就有一段致敬拉·封丹的话："我的这种行为诚如拉·封丹之所为，他对寓言的装饰几乎称得上宠溺。"

仔细阅读三卷本中所收录的篇目（三卷本不包括早期创作的诗体寓言，诗体寓言的名字往往冗长而具体）就会发现，除了神话传说人物和普通的虚构人名（如汉斯）之外，莱辛在寓言创作中极少使用真实存在的知名人士名字，如果用了，多半是要进行嘲讽。比如《夜莺和孔雀》中，莱辛在篇末给出的训诫为"内勒和蒲柏成了朋友，比蒲柏和艾迪生更要好"。其中内勒是画家，蒲柏和艾迪生均是诗人，因此自然是在讽刺文人相轻；再比如《麻雀和田鼠》中，嘲笑德国诗人克洛普斯托克（此人曾效仿弥尔顿的《失乐园》创作长诗《救世主》并受许多人吹捧）时甚至连全名都没提，仅用字母F来暗讽。全书近百篇寓言中，莱辛给出正面评价的历史真实人物仅有两位，其一是《公牛和小牛》中提到的拜尔，这位法国哲学家被认为是18世纪理性主义的先驱；另一位就是拉·封丹，可见后者对《莱辛寓言》创作的影响之深。

整体而言，莱辛在世界寓言谱系中起到了承上启下

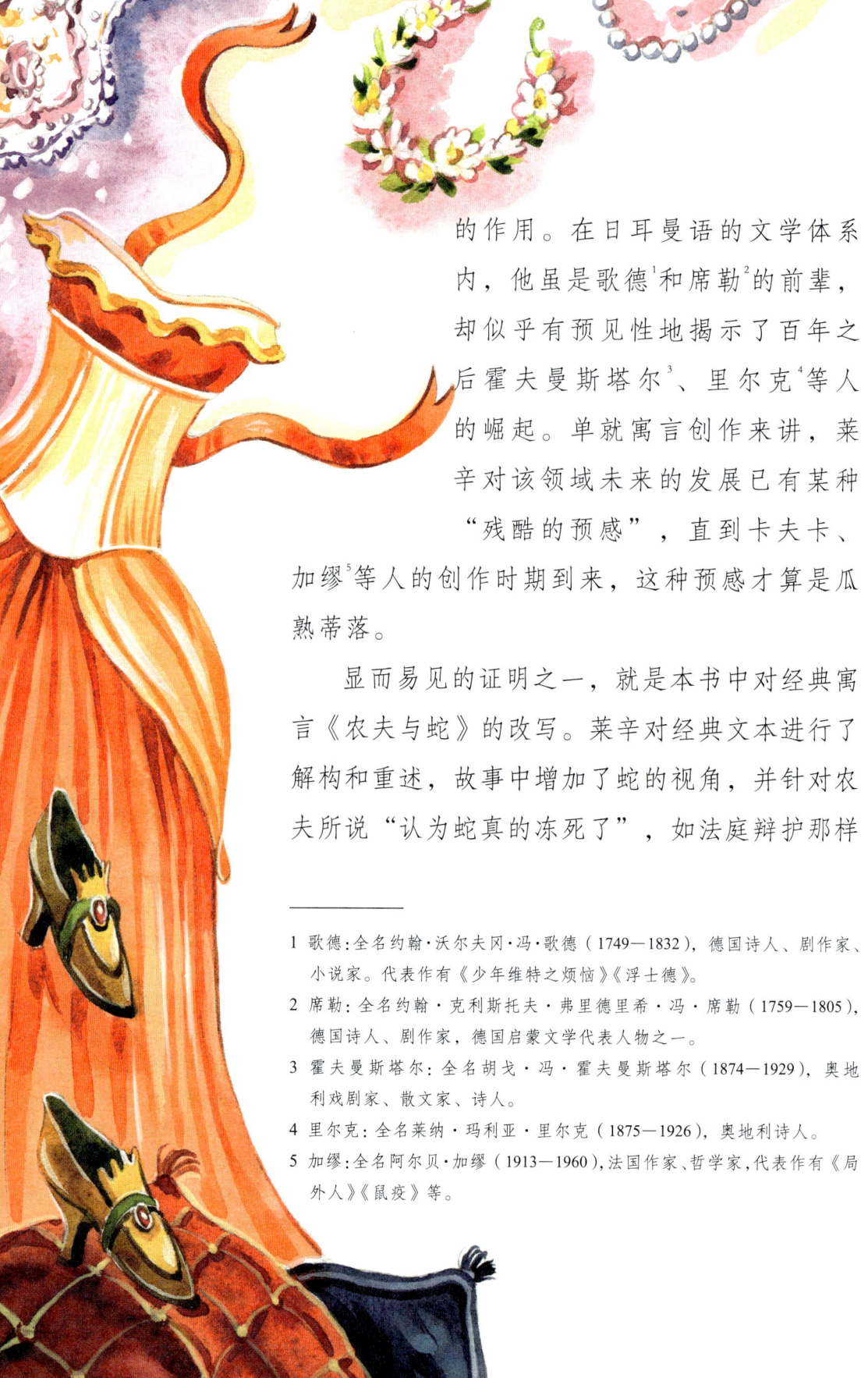

的作用。在日耳曼语的文学体系内，他虽是歌德[1]和席勒[2]的前辈，却似乎有预见性地揭示了百年之后霍夫曼斯塔尔[3]、里尔克[4]等人的崛起。单就寓言创作来讲，莱辛对该领域未来的发展已有某种"残酷的预感"，直到卡夫卡、加缪[5]等人的创作时期到来，这种预感才算是瓜熟蒂落。

显而易见的证明之一，就是本书中对经典寓言《农夫与蛇》的改写。莱辛对经典文本进行了解构和重述，故事中增加了蛇的视角，并针对农夫所说"认为蛇真的冻死了"，如法庭辩护那样

---

1 歌德：全名约翰·沃尔夫冈·冯·歌德（1749—1832），德国诗人、剧作家、小说家。代表作有《少年维特之烦恼》《浮士德》。

2 席勒：全名约翰·克利斯托夫·弗里德里希·冯·席勒（1759—1805），德国诗人、剧作家，德国启蒙文学代表人物之一。

3 霍夫曼斯塔尔：全名胡戈·冯·霍夫曼斯塔尔（1874—1929），奥地利戏剧家、散文家、诗人。

4 里尔克：全名莱纳·玛利亚·里尔克（1875—1926），奥地利诗人。

5 加缪：全名阿尔贝·加缪（1913—1960），法国作家、哲学家，代表作有《局外人》《鼠疫》等。

给出了佐证细节——蛇皮"色彩鲜艳",首先说明了冻僵的蛇本身是一条毒蛇,接着暗示农夫的真实动机是为了谋取蛇皮,而非好心好意地想要救活这条冻僵的蛇。再然后,一位突然出现的旁观者(男孩的父亲)明确指出了文本的不可靠,尤其是"一定要仔细调查清楚所有相关的情况"的说法,十分超前地走到了卡夫卡和德里达[1]的历史坐标上。

三、《莱辛寓言》的译介工作

在中国,《莱辛寓言》的译介开始得很早,基本上是挑选重点篇目进行译介,几乎可以确定是没有全本翻译的。有些版本号称收录近两百篇,其实大多是以《伊索寓言》来充数,莱辛本人也没有写这么多。没有全本的原

---

[1] 德里达:全名雅克·德里达(1930—2004),法国哲学家,西方后结构主义的代表人物之一。

因不难理解，国内在大概2000年之前普遍认为包括《格林童话》在内的诸多欧洲经典故事集是儿童读物，并依照儿童读物的标准进行译介，剔除了"少儿不宜"的篇目，余下来的篇目囊括少许较难理解的西方历史、文化、神话典故的也被尽可能含蓄地简化了——此种简化对故事性的影响虽然相对较少，但显然阻碍了读者领略《莱辛寓言》创作的全貌。

比如，《熊》这篇寓言的末尾训诫中提到了莫里哀的名剧《伪君子》，有些版本是直接略去的，即便在那些没有进行删改的版本中，也缺少一个相应的注释，告诉读者莱辛说它是"丢人的丑戏"实际上是在进行反讽，因为作家在现实中对《伪君子》一剧其实评价甚高。再比如,全书中多次出现朱庇特、朱诺、尼普顿、狄安娜等古罗马神话中的神名,其后皆有相应典故来对应,部分译本中却统一更改为宙斯、缪斯、波塞冬、阿尔忒弥斯等古希腊神名,这就又破坏了原文的完整性。

尤其是在与神话密切相连的篇目中,此种简化显然影响读者深入理解故事。比如,在《老鹰和猫头鹰》中老鹰嘲笑猫头鹰"你却要靠女神把你带过来":假如读者不知道帕拉

斯是战争女神雅典娜的本名，不知道古希腊神话中猫头鹰总是停在雅典娜肩头这种细节，这显然将影响他们对寓言内容的理解。莱辛本人是位极博学的作家，典故运用可谓信手拈来，再加上他毕竟生活在18世纪，创作时偶尔会使用方言词汇和罕见谚语，若缺乏恰当注释，很可能造成读起来云里雾里的尴尬情况。

  本书收录的93篇寓言，非诗体部分根据《寓言三书》直译而来，另收录了未归入《寓言三书》的若干篇寓言，以及一篇曾被误认为是《伊索寓言》的篇目《饥饿的狐狸》。诗体部分则精选自《寓言和故事》。所附注释基本解释了所有阅读难点，一些神话、历史典故亦给出了相关背景介绍，使用德语谐音的个别几处亦有标注，以帮助读者理解莱辛寓言的深意。

  在保持语言流畅优美的前提下，为求最大限度还原莱辛原文，本书尽量将原文段、句、词与中文版精确对应，尤其是拟声词和口语对话部分。莱辛的原文在对话引用上有个特点（当时大部分德语民间故事亦如此），即直接引语与间

接引语混用，本书为避免出现阅读逻辑混乱，适当调整了引语部分句序，将部分错开的引语进行了合并，并统一了对话引用的标点，但整体变动很小，仍以尽量保持与原文对应为准。诗体寓言方面，原文中出现德语韵脚的部分，都尽量还原了汉语尾字押韵。以飨读者。

2023年10月

莱辛年表

1729年1月22日 出生

出生于德国萨克森州的小镇卡门茨,是家中十二个孩子中的老三。父亲约翰·戈特弗里德·莱辛是一名备受尊敬的新教牧师。

1737年 8岁

就读于卡门茨镇当地的小学,学习拉丁语。此时他已接触《伊索寓言》并产生浓厚兴趣。

1741年　12岁

前往易北河畔的小城迈森，以优异的成绩通过德国最古老的三所公立学校之一的圣阿芙文法学校的入学考试，并获得助学金。学习希伯来语、希腊语。此时，古罗马剧作家普劳图斯和泰伦提乌斯创作的戏剧激发了他自己写喜剧的雄心壮志。

1743年　14岁

在写给父亲的《新年祝福：连续的岁月》一文中，充分展示了自己理性、乐观的思想与抱负。

1746年　17岁

在莱比锡大学就读神学专业，但很快就转向了戏剧与诗歌领域，并开始在杂志上发表诗体寓言。

位于卡门茨的莱辛博物馆

1748 年 19 岁

8月20日,前往马丁路德·哈勒维腾贝格大学继续深造。与德国戏剧启蒙运动的关键人物,著名女演员卡罗琳·诺伊伯关系密切。创作的喜剧《年轻的学者》由诺伊伯剧团成功上演。

1750 年 21 岁

与朋友米利乌斯联合创立了德国第一本专门致力于戏剧史研究的杂志,但杂志的经营仅仅维持了一年,共发行四期。

1751 年 22 岁

活跃于戏剧评论圈,声名鹊起;文学作品《小诗集》的出版使他的声誉进一步提高。

1752 年 23 岁

11月,回到柏林专注于创作与翻译工作。

1755 年　26 岁

以揭露市民阶层软弱性闻名的悲剧《萨拉·萨姆逊小姐》在法兰克福开演,同年被翻译成法文并在法国剧院上演。获得成功后,被邀请担任汉堡德国国家剧院的剧作家。

1756 年　27 岁

接受富商温克勒的雇佣,陪同其进行为期四年的欧洲环游之旅。5月,开始旅行,但因英法七年战争的爆发,旅行被迫中断。

1759 年　30 岁

出版独幕剧《菲罗塔斯》及《寓言三书》。

1760 年　31 岁

英法七年战争期间,莱辛在布雷斯劳(现为波兰西南部城市弗罗茨瓦夫)担任普鲁士将军陶恩钦的高级秘书,因经济无虞而沉迷赌博,浪费了数年光阴。

1765 年　36 岁

4月,离开布雷斯劳,前往柏林探望亲友,参加莱比锡书展。在柏林期间,连续两任不忠的仆人,隐瞒真相、骗取他的钱财。此后以这些真实经历为素材塑造了《明娜·冯·巴尔赫姆》中的仆人形象。

1766 年　37 岁

出版代表作《拉奥孔,论绘画与诗的界限》,奠定了德国现实主义文艺理论的基础,在青年一代中产生了巨大影响。文豪歌德对其作出高度评价:"这部著作将我们从可怜的观看的领域一举引至思想自由的原野。"

大理石雕像《拉奥孔与儿子们》现藏于梵蒂冈博物馆

1767年　38岁

出版反普鲁士主题的喜剧《明娜·冯·巴尔赫姆》,这是当时大德意志文化圈内的第一部大型喜剧。

同年前往汉堡,被聘为国家剧院的戏剧顾问;其间的文学作品、戏剧评论工作为日后出版的《汉堡剧评》奠定了基础,这部论题广泛的作品集在欧洲文学批评史上有着举足轻重的地位。

1769年　40岁

在复活节这天,参与的汉堡国家剧院项目因资金链断裂正式对外宣告中止。

1770年　41岁

5月,在沃尔芬比特尔宣誓担任奥古斯特公爵图书馆馆长。生活虽然艰苦,但创作成果丰硕。

德国奥古斯特公爵图书馆

1771年　42岁

悲剧《爱米丽雅·迦洛蒂》上演。
同年与商人遗孀爱娃·柯尼希订婚。

1775年　46岁

抵达维也纳，从此地出发，陪同布伦瑞克—沃尔芬比特尔公爵之子莱奥波德亲王游历意大利多座城市。

1776年　47岁

与爱娃·柯尼希成婚。

1777年　48岁

12月，出生不久的儿子夭折。

1778年　49岁

1月10日，妻子去世。从那时起，莱辛在他妻子去世的房间里工作。

出版论文集《反对格策》，抨击自己的论敌，汉堡主教格策。但私底下仍非常尊重格策，到汉堡时常常拜访他。

1779 年　50 岁

发表诗剧《智者纳旦》，表达人道思想和对宗教的宽容理解。

身体状况每况愈下，同年夏天，因疾病卧床不起。

1780 年　51 岁

反复生病，其间出版哲学著作《论人类的教育》。

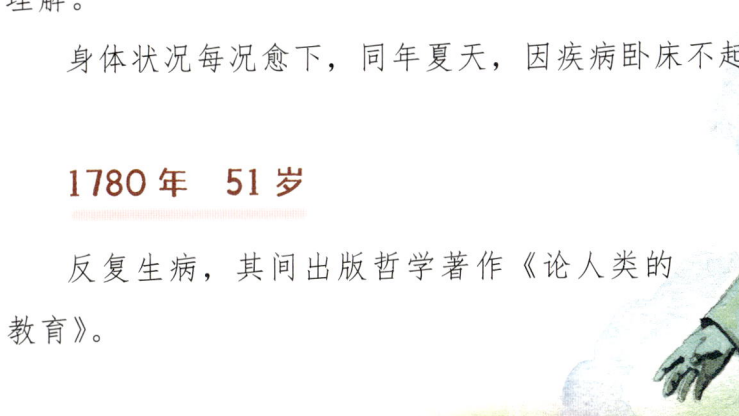

1781年　52岁

1月,前往布伦瑞克,拜访朋友。

2月,因肺部积液无法说话,当月15日,与世长辞。

译者 | 文泽尔

作家,资深译者。出生于湖北武汉,德国马普科学院肄业博士、材料学工程师。

曾为《南方都市报》《城市画报》《旅行家》《凤凰周刊》《新视线》专栏作家。

著作

2007 年《冷钢》

《千岁兰》

《特奎拉日升》

2009 年《伏杀》

2010 年《荒野猎人》

2012 年《穷举的颜色讲义》

2017 年《旧视线》

2023 年《孤独的旅行家》

译作

2020 年《城堡》[奥] 弗兰茨·卡夫卡

2021 年《心是孤独的猎手》[美] 卡森·麦卡勒斯

《黑塞童话》[德] 赫尔曼·黑塞

2022 年《荒原狼》[德] 赫尔曼·黑塞

2023 年《冬》[英] 阿莉·史密斯

《变形记》[奥] 弗兰茨·卡夫卡

2024 年《莱辛寓言集》[德] 莱辛（作家榜经典名著）

插画师 | Yuliia Goncharova

　　Yuliia 是一位来自俄罗斯的艺术家，同时也是一名插画教师。

　　幼年期间在当地的艺术学校上学，除了常规的教育课程外，她还学习了雕塑、素描、构图和艺术史等课程。成年后，在家乡图拉国立大学学习室内设计、住宅和公共空间的布局与设计。

在户外广告领域工作数年后,她开始为儿童图书绘制插画并从事这方面的教学工作。自2017年以来,她陆续与一些独立作家、出版社进行了合作。

制作插画时,她最喜欢使用水彩颜料。水彩的明亮度、不可预测性以及所带来的各种特殊效果,对她来说非常有吸引力。

作家榜经典名著

读经典名著，认准作家榜

作家榜是中国国民文化品牌，自 2006 年创立至今始终致力于"推广全球经典，促进全民阅读"，连续 13 年发布作家富豪榜系列榜单，成功将不同领域的写作者推向公众视野，引发海内外媒体对华语文学的空前关注。

旗下知名图书品牌"作家榜经典名著"，精选经典中的经典，由优秀诗人、作家、学者参与翻译，世界各地艺术家、插画师参与插图创作，策划发行了数百部有口皆碑、畅销全网的中外名著，帮助无数人爱上阅读。如今，"集齐作家榜经典名著"已成为越来越多阅读爱好者的共同心愿。

作家榜除了让经典名著图书在新一代读者中流行起来，2023 年还推出了备受青睐的"作家榜文创"系列产品，一举让经典名著 IP 融入人们的日常生活中。作家榜品牌母公司大星文化，总部位于中国上海市。

名著就读作家榜
抖音扫码关注我

名著就读作家榜
京东官方旗舰店

名著就读作家榜
天猫官方旗舰店

名著就读作家榜
当当官方旗舰店

| 策　划 | 作家榜 |
| 出　品 | |

出 品 人	吴怀尧
产品经理	沈　瑶　张梦颖
美术编辑	高瑄苒
内文绘图	［俄］Yuliia Goncharova
封面绘制	李梦瑶
特约印制	吴怀舜

| 版权所有 | 大星文化 |
| 官方电话 | 021-60839180 |

图书在版编目（CIP）数据

莱辛寓言集 /(德) 莱辛著；文泽尔译. -- 成都：四川少年儿童出版社, 2024.12（2025.3重印）. -- (作家榜经典名著).
ISBN 978-7-5728-1717-5

Ⅰ. I516.74

中国国家版本馆CIP数据核字第2024JU4543号

作家榜经典名著
读经典名著，认准作家榜

LAIXIN YUYAN JI
莱辛寓言集　　［德］莱辛/著　　文泽尔/译

出 版 人：余　兰
责任编辑：于　杰
责任校对：王默志
责任印制：李　欣

出　　版：四川少年儿童出版社	开　　本：16开
地　　址：成都市锦江区三色路238号	印　　张：14.75
网　　址：http://www.sccph.com.cn	字　　数：295千
网　　店：http://scsnetcbs.tmall.com	版　　次：2025年1月第1版
经　　销：新华书店	印　　次：2025年3月第2次印刷
印　　刷：浙江新华数码印务有限公司	印　　量：12001－18000册
成品尺寸：245mm×185mm	书　　号：ISBN 978-7-5728-1717-5
	定　　价：88.00元

版权所有　翻印必究

若发现印装质量问题，请联系0571-85155604调换。